明日はもっといい日になる

YouTuber
ともやん

KADOKAWA

&RSON

&RSON

MUSIC
CIRCUS

序章

はじめにともやんが伝えたいこと

この本を読んでくれるみなさんへ

2021年11月。

僕らのYouTubeチャンネル、「レイクレ」こと「Lazy Lie Crazy」。

そのチャンネル登録者数がもうすぐ100万人となる。

こんな大きな数字になるまで、応援してくれたファンのみなさん、視聴者のみなさんには感謝の気持ちばかり。

本当に「ありがとうございます」と、この場を借りてお礼を伝えたい。

でも、僕たちはずっと右肩上がりにここまでやってきたわけじゃない。

2017年8月のチャンネル開設当時、レイクレは本当に弱小チャンネルだった。

自分たちでは「おもしろい！」と感じてアップした動画なのに再生回数が200回とかがザラ。1000回超えるのも大変。

そんな状況だけど、「チャンネル登録者数100万人」という目標は僕らの中に最初からあった。

僕たちはその夢に向かって突っ走ってきたと言ってもいいくらいだ。

だけど、うまくいかないことばかりだった。

失敗も繰り返してきた。

起伏ばかりのデコボコの道のりだったと思う。

それでも今ここにいる。


僕自身の歩いてきた道も起伏ばかりだったと思う。

YouTubeって明るく楽しいのが基本だから、僕はいつも笑顔でいられるようにと思っている。

だから陽気に見えると思うけど、本当はそうでもない。

元々は恥ずかしがり屋ですぐに悩んでしまう人間だ。いや、そこは今も同じだと思う。

でも、僕の青春にはずっとバスケがあった。

大切な親友もいた。小さな恋もあった。
そんな日々が少しずつ僕を強くしてくれた気がする。
誰にでもある当たり前の日々は、かけがえのない思い出となった。

でも、悲しいことは突然起こる。
つらくて立ち直れない日々を過ごした。
下ばかり見ていたのだけど、大切な夢を見つけた。
そう、希望は絶望の中にあった。
僕はそこから前を向き一歩を踏み出した。
レイクレのメンバーに出会い、僕の未来は変わった。
そして今ここにいる。

残念だけど、つらいことは誰にでもある。
今まさにそこに立っている人もいると思う。

うまくいかないことばかりでイヤになっている人もいるかもしれない。

涙ばかり流してしまうときは誰にでもある。


そんなときにこそ、この本を手にとってほしい。

ここには僕の楽しかったことや幸せだった時間ももちろん書いた。そのかけがえのなさを知ってほしいと思ったから。

これまでYouTubeでは語ってこなかった、僕に起こった悲しい出来事や失敗も隠すことなく記した。

今そんな状況にある人にも、その先があることを知ってほしいから。


真っ暗の絶望の中で「前を向け！」と言われても、そうそうできることではないと僕は知っているつもり。

それでも暗い闇の中で希望を探してほしい。

そこから一歩を踏み出し、行動してほしい。

それが未来を変える。

歩いた先で振り返れば、悪いことばかりの道でもなかったと思える。

空を見上げれば、虹に祝福されることだってある。


僕はこの6年ほど、大きな夢へたどり着くために自分の描いたストーリーの中を走ってきたように思う。

深い悲しみを幸せなストーリーに書き換える日々だった。

起こってしまったことは変えられない。変えられるのは未来。

そのために一歩を踏み出すことを知ってほしい。止まっていたら、変わらない。

Go for it！

ともやん的 POWER WORD 01

ストーリーをつくれ！

つらいことや悲しいことは残念だけどある。そして、起きてしまったことは、すでに過去なのでそれは動かない。変わらない。だったら、そこを起点にストーリーにしてしまえばいい。僕は6年におよぶストーリーの中を走ってきた。もちろん、悲しい思い出は残る。でも、最後に笑えるストーリーになったらいい。

ともやん的
POWER WORD **02**

行動する
～Go for it!～

僕には暗い部屋で孤独の中に転がっていた時期がある。今思えば、何もない、本当にゼロだったとき。でも、そこから僕は行動を起こした。そのときのレイクレメンバーと出会うという一歩が今の僕のスタートになっている。恥ずかしがらず、躊躇せず、今できることをめいっぱいやる。それが未来を変える。

明日はもっといい日になる

CONTENTS

第1章
小中学生時代のともやん
泣いて笑って、そのオチは？

第2章 ともやんの青春時代 バスケがあって、圭太がいた

第4章
YouTuberのともやん飛躍と成功、そして失敗

STAFF

装丁　小口翔平+奈良岡菜摘(tobufune)
本文デザイン　三國創市
編集協力　新宮 聡(企画室ノーチラス)
撮影　高橋賢勇
マネジメント　近藤 旬(株式会社SAI)
校正　鷗来堂
編集　大澤政紀(KADOKAWA)

第１章

小中学生時代の
ともやん
泣いて笑って、
そのオチは？

スポーツは得意

大阪市から見て淀川上流方向にある守口市。そこが僕の地元。小学校から中学までは、ここの学校に通った。

どんな子どもだったかと言うと、とにかくスポーツはできた。

マラソン大会ではずーっと1位だった。

いや、小6のときは2位だったかな。まあそんな感じなので客観的にも運動が得意な印象はあったはず。

バスケをはじめたのは小2の夏だったと思う。理由は隣の家の兄ちゃんがバスケやってたからという極めて短絡的なもの。小1のときはサッカーやっていたくらいなんで、強い意思があったわけでもない。

それが今となってはバスケ系YouTuberとして世に知られてるわけだから、人生わからない。未来はなんでもアリだ。

ただ、僕はYouTuberとしてやっていくことにしたとき、バスケは必ず武器になると思っていた。もちろん、僕には高校バスケで全国大会に出ているという実績もあるので、それを看板的に使っている。

でも、そこまで行けてなくてもバスケは武器になった気がする。どんなことでも経験していることは価値がある。バスケを知らない人にバスケのおもしろさや見どころを伝えることはできる。

プロとか実業団とか、そんな突き詰めた人じゃなくてもやっていいことだと思う。やった方がいい。

この本を読んでくれている人にも、学生のころにやったスポーツや習い事の思い出があるかもしれない。

それは大事にした方がいいと思う。僕みたいに直接的ではないかもしれないけど、そんな経験はどこかでいつか自分を助けてくれる。

明るく見えても

運動はできた僕だけど勉強の方はまあ……。

いや、小学校のときはＯＫだった。特にわからない科目もなかった。でも中学になるとアレがはじまる。英語だ。そこでガッツリつまずいた。あんまり勉強しなくなる。

でも、そんな人間が将来「Lazy Lie Crazy」とかいう、もじった英語名のYouTubeチャンネルやって、チャンネル登録者数１００万人になる。海外の動画とかも見て研究する。外国の選手とバスケもやる。海外のイベントにも呼ばれる。

やっぱり、未来はわからないもの。だから、どこかで勉強につまずいても、気にしなくていい。

学校の勉強程度でどうこうできるほど、社会は楽な相手ではないし、シンプルでもない。ほかの力でなんとかなる。

キャラクター的に僕はいわゆる陽キャだったと思う。誰とでも仲が良かったし、そんな感じだからリーダーシップも発揮する感じになる。

すると、女の子にもモテるようになった。自分で言うのもアホみたいだけど人生ずっとモテ期な感じだ。

なんやねん、リア充腹立つわ！と思うかもしれない。でも、たかだか小中学生時代のこと。スポーツできて明るくワイワイやってたら、そんなもんと思ってほしい。

それに周囲から陽キャに見られていても、実際に心の中までめちゃくちゃ明るいわけではなかった。

子どもなりにアホで何も考えてないように見えても、どっかに影みたいなものがある。誰でもそんなもんだと思う。

すると、人間関係を考える事件に僕はガツンとぶつかってしまう。

中学1年のとき、僕には彼女みたいな感じの女子がいた。ただ、彼女といっても別に何があるわけでもない。

中学生なんてお金もなければできることもない。なんというか、互いに「好きですよ」と思う程度が限界。本当のリア充には程遠い。

まあ、そんなことだから進展するべき道もない。疎遠になって「ほな、お別れしよか」となる。


ここで終わっていれば、いい思い出が残っただけかもしれない。でも、そのころから学校内で僕に関する変なウワサが流れるようになった。

出所はわからない。この年代ではありがちなこと。でも、それが理由で僕は無視されることが多くなる。

気がつけば、いじめの対象みたいなもんだった。学校行くのも楽しくない。暗くなる。


けど、そこで僕は大事なことに気づいた。

「俺って、ちゃんとした友達おらんやんか」

それまで、誰とでも仲良くしてきたつもりだった。友達もたくさんいるつもりだった。

でも、そんなの表面的なものだった。気がつけば、ひとりだ。

別にこれは周囲にいた相手の問題じゃない。問題は自分の方にあると思った。

周りにたくさんの人がいてくれるのに僕自身がちゃんと向き合っていなかったのだ。だから、人間関係が上滑りする。心の底からわかりあえるようなものになっていかない。そんなことだから、大事なときに友達がいない。

これ以降、僕は人間関係をちゃんとしようと意識するようになった。しっかり向き合わなければ、相手もこっちを向いてくれない。当たり前のことだけど、実はなかなか難しい。

とても大切なことを僕に気づかせてくれたのだから、この事件も今思えば、悪くなかったのかもしれない。

ともやん的 POWER WORD 03

ちゃんと向き合え

明るくワイワイやっていれば、周囲に人は集まるし、友達が多いようにも見える。でも、そこまでならば、人間関係なんて表面的なもので終わってしまう。大事だと感じる人には、ちゃんと向き合うこと。向き合えば、相手もこっちを見てくれる。続けることで互いにわかりあえる存在になっていく。それが友達。かけがえのない人。

バスケで学んだこと

守口市立第一中学校でそんな風に過ごしていた僕だけど、生活の中心はバスケ部だった。

ただ、ここのバスケ部は上級生に未経験からスタートした人も多く、経験者の僕が試合に出やすい環境だった。

すぐにポイントガード（ＰＧ）というポジションを与えられた。

バスケットボールという競技をあまり知らない人もいると思うので解説しておくと、このポイントガードというポジションはバスケにおける司令塔的な役割だと思ってくれればいい。

フォワードやセンターなどのようにゴールの下で競り合う役割でもないので、背の高さはそんなに要求されない。

クラスの真ん中から少し上くらいの背丈だった僕にできたのも、それが理由。ただし、ドリブルなどで敵陣にボールを運び、味方の動きをよく見てパスを配給する役目なので、視野や器用さは必要。

僕には相手の顔を見て、様子を察知するクセみたいなものがあるのだけど、それはたぶん、このポジションを長く続けたことが原因だと思う。

ドリブルテクニックなんかも動画で人気だったりするので、バスケはたくさんのものを僕に与えてくれたことになる。


さて、そんな風にバスケに取り組んでいくとチームもだんだんと強くなっていく。中2のころには北河内エリアの強豪になっていた。

ただし、上には上がいる。後に僕が進む近畿大学附属高等学校の近くにある、東大阪市立上小阪中学校なんかは強豪だった。

3年生の先輩たちと一緒にここの試合に出た僕。でも、チームはボコボコに負ける。先輩たちはそのまま引退となってしまう。

相手には後に近大附属高で1学年上のキャプテンになる人がいて、僕はこの人にさっぱりかなわなかった。

上級生相手なのだから仕方ない。そんな雰囲気だった。

でも、やっぱりショックだった。「相手が強いんやから、しゃあないやん」では済まない。僕は負けず嫌いだ。

そのくせに負けた。恥ずかしいし情けなくもなった。

たぶん、人生ではじめて壁にぶつかったのだと思う。

僕の中の何かが変わった気がする。

幸い、僕らの年代には自分も含めてバスケ歴の長い選手も多い。強くなれると思った。

何らかのスポーツを経験したことがある人ならわかると思うけど、目標ができると上達や進化は早くなるものだ。

目標に向かって進むロードマップを考え、それぞれの通過点に至るための行程を具体的にしていく。あとはそれを実行すれば、変化が起こる。

逆に、与えられたことをチンタラやっているだけでは何も変わらない。

後から考えると、この負けはとてもいい経験になったと思う。

それまでは与えられたメニューをこなすだけの練習だった。

特に目標もないから、身体を動かした分だけ健康になって、やった分だけテクニックが少しうまくなる。そんなイメージ。

でも目標ができると、それが変わった。

上小阪中に勝つためにはこれが必要だ。そのためにはこんなテクニックを会得するべきだ。それにはこんなフィジカル（身体能力）が必要。

そんな論理的思考ができるようになっていくと、トレーニングや練習メニューに意味が出てくる。

やるべきことが具体的になる。


これは勉強やほかの分野でも同じだと思う。ぼんやりと教科書や参考書を見ていても、たいした学習効果はない。

でも、テストで手も足も出ないテーマにぶつかるとする。それを克服しないと試験の突破は困難と知る。

すると変わる。その方法を模索し、見つければ実行する。結果が変化する。

負けることは恥ずかしいことじゃないと思う。大事なのはそこからどうしていくか。

失敗を恐れるな、というのはそういうことなんだろう。

僕の場合、バスケがそれを学ばせてくれたと思っている。

実際、後にYouTuberとなってからも思考方法は同じだった。目標を具現化していくためには、大事なことだと思う。

恥ずかしがらずに行こう。負けはいつか大きな財産になるんだ。

ともやん的
POWER WORD
04

負けることは恥ずかしいことじゃない

負けや失敗は恥ずかしい。自分がアホでヘタクソであることがバレる気がする。だから、なるべく隠そうとする。挑戦しなくなる。でも、負けや失敗は悪いことじゃない。そこからどうしていくかの起点になる。大きく成長する未来がその先にある。恐れないでいい。恥ずかしがらずに行こう。負けはいつか大きな財産になるんだ。

バスケはもうやりません

こうして、僕たちのチームは強くなっていった。中3の春には先輩たちを倒した上小阪中を大阪大会で撃破した。めっちゃ、気持ちいい。

この時期は本当にバスケばかりの生活だったと思う。先輩の代では届かなかった北河内エリアのトップにもなった。必死にバスケをやって、中3なのに勉強もしない。

ただし、最高学年の部活には終わりがつきまとうもの。僕たちにも最後の大会がやってくる。

このとき、東大阪市立長栄中学校には府内で名を知られた金子隆太という選手がいて、ひとりで40~50点くらいとるとんでもないヤツだった。僕の目から見てもかなりうまい。

そして、そんなチームと僕らは当たる。

ただし、「負けるかも」と僕らは思わない。どっちかというと、「ボコボコにしたる!」という気持ち。闘志は十分。

それでも、やっぱり金子が攻めてくる。前半はいいようにやられて、20点くらいのビハインド。積み重ねてきたものが薄かったら、この辺であきらめていたかもしれない。

でも、まだ思う。

「ボコボコにしたる！」

後半、僕たちにはスイッチが入った。ドリブルで抜ける。パスが通る。リングに嫌われることなくシュートが決まっていく。

気がつけば追いついていた。でも時間がない。

僕は最後のシュートを放つ。ブザーが鳴った。入った！

ブザービーター（終了ブザーとほぼ同時に得点すること）での強敵撃破だ。

たぶん、この瞬間が僕の中学バスケにおける最高点だったと思う。こんなに充実感や達成感に包まれたことはなかった。

でも、それを感じてしまうとスイッチが切れる。次の試合で僕たちはボコボコに負ける。

中学バスケの終了だった。

大阪選抜のメンバーにも選ばれた僕だったけど、中学バスケだけじゃなくバスケそのものをやりきった気がした。

だって、中3よ。15歳の思春期やん。部活以外の友達、めっちゃ遊んでるもん。自分も同じようにしたいわ。

そんなわけで僕はバスケをやめることにし、次のステージを強く決意する。

「高校は青春したい！」

アホみたいだけどそう思った。そして、この目標に向かい僕はバク進することになる。

でも、僕はアホやった。考え方がアホなのでなく成績が真剣にアホやった。長い間勉強もしてないから、そもそも内申点がヒドイ。

「公立の一番下の学校しかムリやぞ」

進路指導の先生の言葉が、とても残念に響く。

するとバスケ部顧問の先生がひたひたと近づいてくる。

「スポーツ推薦、けっこう来てるで」

勘弁してくれと思った。楽しい高校生活のビジョンが一気に汗にまみれたバスケ部ビジョンになってしまう。

「バスケはもうやりません」

そう言って推薦は断ってもらうようにした。でも、僕の状況は変わらない。行くところが見つからず追い込まれる。

すると、またもバスケ部の先生が言う。

「実は府内の推薦2校、まだ断らずに残してるぞ」

なんちゅうオッサンかと思った。でも、すがれるのはそこしかない。

ひとつは大阪学院大学高等学校で、プロ野球選手やサッカー選手ほか、その他競技でも一流選手を輩出するスポーツの名門校。もちろん、練習は厳しく、ついでに髪型は坊主が基本。

もうひとつは近畿大学附属高等学校で、こっちもめちゃくちゃアスリートを生んでいる。ただし、練習時間は短め。そして何よりも坊主推奨ではなかった。

高校で青春したいと夢想するアホな中学生だったのが僕だ。坊主であるか否かは巨大すぎる差だった。髪のあるなしで青春の絵面がまったく異なる。

「き、きんだいふぞくで……」

僕はそう答えるしかなかった。

だがすぐに僕は考える。このまんまスポーツ推薦だけに頼って高校に行くと、そのクラス分けもスポーツしている連中と同じになる。

もうバリバリのアスリート路線。思い描いた華やかな高校生活とはまったく違う。

「イヤだ。高校では青春するのだ」

まだ逃げ道を考える。ひらめいた。

「スポーツ推薦でも、ちゃんと一般の試験受けて点とったらええやん！」

スポーツ推薦を受けながらも一般の試験で合格点に至れば、希望して一般クラスに入れるというルールを思い出した。

楽しい高校での青春を目標に、僕の脳は壮大なロードマップを描きはじめた。


今はいつ？　9月っ！

入試はいつ？　来年の1月っ！

今の偏差値は？　35っ！

一般クラスの合格ラインは？　60っ！


脳内に描かれるすごろくのような地図は、ミラクルを積み重ねるムリゲーみたいなもんだった。２０１５年に偏差値を40上げて慶應義塾大学に入る映画が人気になったが、これはそれ以前の話。

でも、バスケの経験から考えるとムリとは思わない。

バスケではやればやるだけ強くなったのだ。できると思った。

9月上旬、僕は塾に突進した。生まれてはじめて本気で勉強する。

正直言って、死ぬほど苦しかった。それでも毎日自習室にこもって勉強することは続けた。でも、ひとりでやってるとホンマにしんどい。急に涙があふれてくる。

「みんな楽しんでるのに何やってんねやろ、自分……」

ボロボロ泣きながら、それでも勉強した。それくらい高校で青春したかった。

ともやん的 POWER WORD 05

アホなことを真剣に考える

このころの僕は、高校で青春するというアホな夢想のためだけに死ぬほど勉強していた。しんどいとかムリとか思う前に猛進していたと思う。実はYouTuberになってからも同じ。アホなことを真剣に考えて、どうやったらできるかを思い描く。描けたら、ただやればいい。しんどくても変化が来る。景色は変わるものだ。

友達ができた

勉強ばかりでつらい日々だったけど、このころ、僕にはひとつの変化があった。友達ができたのだ。それも上辺だけのつき合いじゃない、ちゃんと向き合える相手だ。

出会ったきっかけはよくおぼえていない。気がつくとめちゃくちゃに仲良くなっていた。中学は別で、塾で会った相手だ。

どうやら彼もバスケをやっていたので、どこかの練習試合などで顔を合わせてはいたはず。その関係の縁があったのかもしれないが、わからない。

そもそも、彼はバスケがそんなにうまくないので選手としての印象が残るタイプではなかった。ついでに成績もいい方ではないので、地元の高校を目指して勉強中だった。

じゃあ、彼の何がよかったのかというと、とにかくめちゃくちゃにおもしろい。そして、人望があった。

仲間を集めて群れているのでもなく、陽気で前向きだからなんとなく勝手に人が集まり、その中心にいる感じ。

名前を吉田圭太という。

僕はすぐに彼を「圭太」と下の名前で呼ぶようになった。塾が終わると圭太の家にも上がり込む。

彼の部屋を見て、ちょっと驚いた。なんというか男子が好きな部屋なのだ。ギターがあって、アンプも置いてある。好きなマンガが感じよく並び、ゲーム機なんかも転がっている。圭太という人間そのものの場所なのだ。

彼は別に金持ちでもないので、自分でお金を貯めてそれをつくりあげていたわけだ。しかも、自分の好きなように。

世の男性の多くって、所ジョージさんの家なんかにあこがれると思う。好きな車があって、ガレージがあって、楽器や道具、趣味のものなんかが雑然と、だけどいい感じで置いてある、あのイメージ。圭太の部屋は規模こそ全然違うけど、方向性が似ていた。

だから、居心地がいい。友人たちと集まろうとなると彼の部屋になる。クーラーなんかないので扇風機を取り合っていたのに、そこがよかったのだ。

僕は毎日塾に行き、そこで圭太と一緒に授業を受ける。猛烈に勉強して、終わると圭太の家に行く。僕の家に彼が来るときも多かった。

互いに行き来していると、互いの家族とも仲良くなる。

先に圭太が塾から帰り、僕が自分の家に戻ると、彼がウチのお母さんにメシを食わせてもらってることもよくあった。

どちらかの家で僕たちはよく話をした。圭太は成績が悪いくせに頭が悪いわけではなかった。

まだ中3だったが、社会のいろいろなことに興味を持っていた。好奇心もチャレンジ精神も人の数倍あった。

そして、大口をたたく。

「俺、将来、有名になるからな！」

何言うとんねん？と僕は思うしかない。でも、いつも笑っていた。

バカにしていたのではない。アホなことを言っていると思いながらも、こいつだったらやりそうだ、と感じていたのだ。

このころの僕は、そんなこと思いついても口に出せなかった。恥ずかしくなって口に出せない。

そんな性格だから、未知の世界へ思い切って一歩を踏み出す勇気もない。

でも、圭太は違った。一歩どころか百歩でも駆けていきそうだった。ゴチゴチと壁にぶつかっても、飛び越え蹴倒し、どこまでも進んでいきそうに感じた。

僕と彼はまったく異なる人間だった。そして、僕は彼をうらやましく感じた。

「圭太みたいになりたいなあ」

それが正直な気持ちだった。

やればできる、けど

圭太との時間は楽しかったが、僕の生活は中学の期間中サボり続けた勉強を改善するため、修羅のような日々だった。

ひとりの自習室ではやっぱり涙が出た。

でも、成果は着々と出ていた。以前はわけわからんかった問題も手を出せるようになってくる。学校の勉強なんか、やればやるだけなんとかなるもんだ。

ただし、勉強をはじめたのはまだ暑さの残る9月だったが、今はもう寒い季節。残された時間は少なかった。

それでも、僕には自信があった。ブザービーターで強豪を撃破したバスケの記憶がよみがえる。

「まずは追いつけばええ。最後の最後に勝ち越してやる」

入試前の事前テストがやってきた。勉強をはじめるまでの僕の偏差値は35。ヒドイもんだった。

でも、積み重ねてきた勉強が僕を変えていた。手も足も出ないものは少ない。かなりいい感触だ。

テスト結果が戻ってくる。一般クラスの合格ラインは偏差値60ほど。

結果を見た。

「届いた！　とうとう追いついたぞ。次は勝ち越しや」

やればできる、というのはどこにでも転がっている無責任な言葉かもしれない。

でも、バスケの経験上、僕はこれがあながちウソでもないと感じていた。勉強に応用してもやはりウソではなかった。要は「やれば」のそのやり方次第。

年が明けた1月には、ついに本番の試験に臨む。手ごたえは十分だった。生まれてはじめて本気でやった勉強はちゃんと結果をくれた。

夢にまで見た一般クラスの合格だ。アスリートオンリーでなく、普通の生徒たちと一緒に、青春の高校生活がはじまる！

すると、ウチの電話が鳴った。かけてきたのはバスケ部の顧問。イヤな予感がする。

「なんですか？」

「ああ、お前のクラス、ちゃんとスポーツクラスにしといたぞ。一般クラスは生徒の勉強のレベル高いからな。苦労するだけや、やめとけ」

そう言って、先生は電話を切った。

ヒザを突いて倒れた。

夢見た高校での青春が、今終わった。華やかな学生生活が強引にバスケ色に染まった。

なんのために毎日夜中まで勉強したのかわからない。

ショックが大きすぎた。

涙も、出なかった……。

第2章

ともやんの青春時代
バスケがあって、圭太がいた

春は意外に青春？

バスケも受験も終わった中学生活の最後の時間。楽しいはずだが、高校での青春を失った僕は憂鬱だった。

しかも、友人たちはおおむね地元の高校に進んだ。僕だけが慣れ親しんだ地元を離れる形で悲しくなる。

でも、僕には圭太がいた。

「どっか行こか？」

これまでと何も変わらない調子で連絡してくる。僕はうれしくなって出かける。

当然、圭太の周りにはいつも友人たちがいる。楽しいだけの時間が過ぎる。

でも、春休みになると僕にだけ別の事情がやってくる。

理由はどうあれ、僕はスポーツ推薦で進学する生徒なのだ。高校には青春ではなく、スポーツをしに行くのだ。まったくもって理不尽極まりないが、僕の位置はそこにある。

もっと圭太らと遊びたかった。しかし、入学前の練習がはじまる。

「だるいわ」

僕はブツブツ言いながら、ひとり練習に向かう。

コートには各中学からやってきたバスケのうまい連中が集う。知った顔もたくさんある。新1年生なのにたいして初々しくないのも運動部らしい世界。

だが、ここで事件が起きる。

ある背の高い1年生が豪語した。

「俺、ダンクできる！」

知っている人も多いとは思うが、ダンクシュートというのはボールを持ってジャンプして、リングの上からボールを押し込むプレーだ。

ちなみにリングの高さは10フィートある。約3メートルだ。たいがいにデカいヤツが、たいがいに跳ばないと不可能。NBAではポンポン飛び出すが、あれは超人たちのリーグの話と思ってほしい。

なのに、そいつはそれをやった。空中でバランスを崩した。たいがいの高さから落ちた。手首が折れていた。

高校最初の練習にしては衝撃的光景。

しかし、事態は想定しない方向に進む。

「あかんな。1年生はまだ危ないわ。春休みはもう来んでええ」

監督が宣言した。

落ちた選手にとっては大変なことだった。かわいそうだと思った。バスケは危険を伴うスポーツなので安全には十分留意を、とも再確認した。

でも、僕の感想の大部分を占めたのは別の思考だった。

「よっしゃ、めっちゃ遊べるやん！」

手首を折った彼には本当に悪いと思う。薄情なのかとさえ感じる。でも、僕は遊びたい盛りだった。それが正直な気持ちだった。ごめんな、ホンマにごめん。

こうして圭太たちと遊びまくる日々となる。

ただし、僕たちは中3と高1の間の時期だ。お金なんかあるわけない。イオンのフードコートに行ってダラダラするのが関の山。

そうでなければ、誰かの家に行き、当時流行っていた6秒動画のVineなどに動画を撮ってアップするなどがやれることだった。

それでも圭太たちと過ごした時間は楽しかった。

たぶんあのときの思い出が僕をYouTubeに向ける大きなきっかけになったと、後になって思う。

それでも学校がはじまる。僕は少し不安になってしまう。そもそも僕は地元を離れたくなかったからだ。

圭太を含め、今までの友人の多くは地元の学校に進んでいた。せっかく築いた人間関係が崩れてしまうんじゃないかと思った。

だけど、圭太たちとの関係は変わらなかった。

よく考えれば、僕と圭太は元から中学が別だった。離れた高校に行くことになっても状況はさして変わらない。変わらないのだから同じようにする。

ほっといても圭太の周囲には人が集まった。どの学校とかクラスとか、そんなのは関係ない。楽しいから一緒にいる。それだけのことだった。

おかげで僕は地元の仲間と縁が切れることもなく、中学時代の延長で人間関係を続けられた。

この安心感があるからこそ、僕は自分のやるべきバスケに集中できたのだと思う。

その結果として、高校バスケでは全国大会へ進むこともできた。けっして僕の努力だけの成果じゃない。

圭太たちがいてくれたおかげだと思う。

本当に感謝している。

チャリで来た！

高校生って不思議な時間だと思う。中学のガキの延長でバカ騒ぎして過ごすのだけど、いつの間にか、アホ成分が減っていって大人っぽくなってくる。

卒業するころには、なんかちょっと立派になっている。そんな感じ。

そして、僕たちは高1だった。頭の先から、足の先までアホ成分で満ちていた。毎日のように集まり、アホなことを考え、実行する。

まあ、とにかく夜にウロウロする。別に非合法な悪事を働いたりするわけではない。でも、お巡りさんや先生に見つかったら、「何やっとる？」ととがめられるのは間違いない。ちょっとルールを破っている感覚、それが楽しかったのだと思う。それだけで僕たちはよかったのだ。

夏場になると、淀川の河川敷に向かって花火をしてはしゃぐ。機動力はチャリンコと己の脚力。どこに行くのも「チャリで来た！」状態だ。

冬になったある日、急に誰かが言いだす。

「今から、成田山行かへん？」

成田山というのは、僕らの住む守口市から京都方向へ7、8キロメートルの場所にあるお寺。関東の成田山新勝寺と深いご縁があるそうで、こっちでは交通安全祈願で有名だ。

「行く行く！」

アホ成分ダダ洩れの僕らは全会一致で可決する。

別に信心深いわけでも交通安全祈願したいわけでもない。どっかに行きたいのだ。総勢7、8人が夜の道を走り出す。深夜の彷徨、明日なき暴走。ただし、乗るのはチャリだ。バイクとかではない。

成田山は別に山寺ではないのだけど、それでも微妙に上り坂でチャリにとっては山。そこを必死に上っていく。それがうれしい。みんなで無意味にしんどいことして、アホやっているのが、とんでもなく楽しい。

ようやく着くと、なんとなく参る。終わったら、あまりすることないから帰る。

帰路、僕たちの斜め後ろから朝日が昇る。黄金色の中に長く伸びる群れたチャリの影。とても美しい光景だったろう。

でも、僕たちに感動とかはなかった。

当たり前の日常が当たり前すぎた。だから、特別なことなんか何も思わない。

思い返す過去なんかない。夢見る未来とかも考えてない。その一瞬一瞬が、ただ楽しかっただけ。

今でもチャリに乗ると、僕はこの日のことを思い出してしまう。かけがえのない時間って、ああいうことなんだと感じている。高校1年はそんな時間だった。

お金はないけど

そんな楽しい時間ではあったが、残念ながら僕はスポーツ推薦のバスケ部選手でもあった。通学は1時間ほどかかったし、朝練もあった。授業が終わると部活がある。

そんなに練習時間の長い部でもなかったのだが、帰ってくると夜の9時くらいになる。

それでも僕たちは遊んだ。圭太の家に行ったり、彼が来たりしながら、なんやかんやと遊んで過ごす。成田山に行くなどのアホな展開にならなければ12時くらいに寝る、という生活だ。

なかなかハードな日常なのだけど、高校生男子のエネルギーって、それでも有り余るもの。ただし、とにかく食った気がする。

だいたい、朝飯食ってお母さんに弁当つくってもらい、さらに５００円受け取って朝練に向かう。

練習終わると弁当の一部を食う。

授業が2、3限終わると弁当が全滅する。

昼はもらった５００円で食う。

部活が終わるとコンビニでカップ麺とか買って食う。これは小遣い出動になる。

帰ると夕飯をしっかり食う。

運動部の生徒ってだいたい同じようなものと思うけど、信じられないくらいよく食った。腹がブラックホール。

それでも太らない。

思春期というのはアホなこと考えたり、悩んだりしていたりするだけで大人ひとり以上の燃料が必要な気さえしてくる。

そして、部活とか勉強とかするとさらに食う。

でも、今はあんなに食べるわけにはいかない。動く時間も圧倒的に少ないから、普通に気をつけている。


ただこの生活は財布的にきつかった。部活があるのでバイトはできない。なのに小遣いは腹の中に消えていく。

対して圭太たち地元の仲間たちは、いろいろとバイトもするようになった。お金をそこそこ持つようになるので遊び方も変わってくる。お金を貯めて中免（普通二輪免許）をとったり、バイクを買ったりもする。

使えるお金が圧倒的に違うので僕なんかは置いていかれるように思った。

でも、圭太たちはそうならない。僕にお金がないのは知っているので、フードコートの食費なんかは出してくれた。

ふたり乗り可能な免許保持者もいたので、僕はバイクの後ろに乗せてもらって一緒に出かけることもできた。淀川を越えた先にある茨木市あたりまで足を延ばすことも多かった。

「川でも見に行こか？」

誰かが言いだしても、いつもの淀川ではなく高槻市の山間部の摂津峡などに出向く。バーベキューを楽しむほどの装備なんかなかったけど、キレイな川原で遊んでいるだけで楽しかった。

ガソリン代くらいは払うべきなのだが、そんなことも彼らは言わない。

スポーツ推薦のバスケ部なのに、僕はちゃんと青春できたのだ。本当にありがたい仲間だった。

青春は彼女と友達と

僕たちは健全な高校生なので、異性のことが話題の中心になる。

「今日こそ、女子を見つけて声をかけるのだ！」

どこかへ遊びに行くたびに僕らはそう誓う。瞳は熱く燃えている。必ず成し遂げることができると信じてる。


でも、しない。

いざとなるとできない。毎回チャレンジしようとするが、そうなる。

「女子、あんまりおらんかったもんな」

そんなことを言ってなぐさめ合う。高校生なんてそんなもんだ。でも今思えば、あれも遊びだったのだとわかる。


ただし、高校生というのは気がつけば少し成長しているものだった。

僕たちの学校にはひとつ上に超のつく美人の先輩がいた。よくある学校のマドンナだ。正直、僕もキレイな人だと思っていた。なんとなく知り合いではあったのだが、まあ恐れ多くて近づけない。

高2の秋、僕と圭太はユニバ（ユニバーサル・スタジオ・ジャパン）のハロウィーンに行こうと出かけた。

「今日こそ、女子に声かけるで」

圭太はやる気満々。彼は守口市のイオンモール大日《だいにち》でよく服を買っていた。レイジブルーというブランドが好きで、この日も着ていたかもしれない。

すると、例の学校のマドンナにばったり出会う。彼女の隣には、知らない人だけどめっちゃかわいい女子もいる。

どうしようと思ったが、知らない間柄でもないので無視するのは一番変だ。だから声をかける。今まで気合だけでできもしなかった壁をスルッと突破した。

ちょうど互いにふたりだった。同性ふたりでウロウロしているより、異性と一緒の方が楽しいに決まってる。僕たちは４人で遊ぶことにした。とても楽しく、キレイな時間が過ぎていった。

僕ははじめて会ったかわいい人が好きになった。僕たちはお付き合いすることになった。彼女ができた。

思い描いていた高校生の青春だった。

僕たちは公園に行ったり、海に出かけたりする。もちろん街中にも遊びに行く。まさにデート。

中学まではこんなことできなかった。ちゃんとした思春期の姿だ。

バスケの強豪校の選手で、彼女がいて、地元の友達と過ごせて、たくさんの思い出がある、というパターンはめずらしいと思う。

スポーツ推薦の選手には、入学即入寮で振り返ればスポーツだけ、という時間を過ごす高校生も多い。

でも、僕はそうならなかった。これは僕が指導者に恵まれたことも大きい。僕たちの監督はいつも言っていた。

「高校生でしかできないことは多い。いろいろ経験すること。それがいい」

だから、練習時間も短めだった。バスケ以外のことをする時間を残してくれた。おかげで僕はたくさんの経験ができた。

今、コロナ禍で現役高校生の生活は激変してしまっている。大変だと思う。

ただし、現在は僕のとき以上に、ネットでできることも増えている。上手に使っていい時間を過ごしてほしい。

僕は中学の初期に人間関係で失敗したため、友人の大切さを知っていた。そして圭太と出会えたことで、損得なしに気を許し合える存在を得られた。

中高生って、お金のしがらみとかがない。お金を持っていても、たいした額じゃないし、それが生活を左右することもない。とてもキレイな人間関係が築ける時間だ。

大人になったらそうはいかない。互いに生活があり、仕事がある。中高生の感覚で相手に踏み込めない。

だから思う。中高生でホンマに大事なのは、ただ友達だ。

もちろん、僕の場合はバスケも大事だった。でも、そのバスケで得た一番価値あるものも友達だった。

これに気づけたのは僕が高校で地元を離れたからだと思う。失うかもしれないと思ったからこそ大事にできた。

進学して、前の学校の友達と疎遠になることはありがちだ。でも、それはとてももったいないこと。

互いに新しい友達に囲まれていても、向き合えばちゃんと応じてくれる。それが友達だと思う。

ともやん的 POWER WORD **06**

中高生でホンマに大事なのは友達

中高生はお金がない。あってもたいした額じゃない。生活も左右されない。しがらみがない中で、ただキレイな関係が築ける。そして、楽しいことつらいことと一緒に時間は後ろに流れていくもの。でも、時間と一緒に友達まで遠くしないでほしい。彼や彼女たちこそが、その人の宝。最後に残る一番大切な存在だ。

バスケ選手として

圭太たち地元の仲間のおかげで僕の高校生活は想定外に青春できていた。でも、意に反していたにしても、僕はスポーツ推薦のバスケ部選手だった。

やるからには、ちゃんとやりたいというのが僕の性格。でも、高校バスケで僕ははじめて挫折というものを味わっていた。

とにかく試合に出してもらえないのだ。

最大の理由は、1学年上に同じポイントガードでめっちゃ上手な人がいたこと。

中学時代、僕の先輩たちをボコボコにした上小阪中出身の原匠さんという人で、後には慶應義塾大学で副将まで務めている。この人を超えられない。

次にチームのスタイルとのズレがあった。いや、もしかしたら、この問題の方が大きかった気もする。

ポイントガードというポジションはチームのスタイルを左右する存在で、僕のプレースタイルは攻撃型に分類されるものだった。

ドリブルで相手をかわし、そこからのスピードで勝負するのが得意。

でも、近大附属高のスタイルはパスを回す安定型だ。監督はチームのスタイルに合わせることを求めたが、僕は拒否した。だから試合に出られない。出ても1分くらい。


だけど、僕は腐ることはなかった。

もちろん、高校生の遊びたい盛りで、その気持ちは強かったし実際に遊んでいた。でも、それとバスケは話が違う。

ついでに僕は超負けず嫌いだ。試合に出られないまま終わる気はなかった。

ただし、チームに合わせてスタイルを変えて試合に出させてもらうのは、なんか違う気がする。僕のスタイルで行きたい。


こうして僕は考えた。そして最初に1、2年生で出ることはあきらめた。その代わり3

年になったら出る。自分のスタイルで出る。そう決めた。

そのためのロードマップを頭に描く。

僕に必要なのは長所の進化だ。ポイントガードとして、ドリブル、スピード、アシストパスの精度などの項目を自己評価する。

僕の一番の価値はスピードだ。だからこそ、そこをもっと高めないといけない。

スピードはフィジカル（身体能力）の支配領域だ。小手先のテクニックでは変わらない。地道なトレーニングで肉体を変化させなきゃいけない。

筋力トレーニングを意識し、特に腹背筋などの体幹強化に努めた。

ただし、ムダな筋肉をつけると、その重量でせっかくのスピードが死ぬことも知っていた。だからトレーニングをしながらも不必要に筋肉を大きくすることは避けた。

僕は高校に入ってから2年以上、バスケの場ではそんな調子だった。

身体は強くなり、技術も磨かれた気はしていた。試合に出ていなくても、練習を見ているときでも、自分がポイントガードであるつもりで仲間のプレーを察知し、自分のプレーを思い描いた。

伸びているはずだと感じていた。でも、確証はない。試合にも出られない。

僕が高校3年になった夏前。ひとつの事件があった。

負けるはずのない相手にチームが負けてしまったのだ。もちろん、僕は出ていない。

でも、僕はこの結果に納得いかなかった。翌日、バスケ部顧問のところに向かった。

「俺が出ていれば、勝ってましたよ!」

真っ向勝負の抗議だった。僕はチームの方針に盾突き、延々と言いたいことを言った。

それは2、3時間に及んだ。でも、そこでは決着はつかない。

ただし、監督も考えるところがあったのだと思う。試すように試合で起用されることが増えてきた。

少し後のこと、僕たちは練習試合で千葉県の船橋市立船橋高等学校と対戦する機会があった。

サッカー部が全国一と言えるほど強い学校だが、野球も甲子園に何度も出ている。さらに、バスケットボール部もバリバリの全国クラスだ。

そして、ここには当時の高校日本代表チームのポイントガードもいた。同じポジションとして日本一の相手というわけだ。

〝俺の力は、どこまで通じる？〟

そんなことを思いながら、試合に臨む。相手ポイントガードがデカく見える。どうしても、気圧されてしまう。

僕には積み重ねてきたものはあったが、自信がなかったのだ。

そして、プレーがはじまる。緊張はあるが身体は動いた。最初のマッチアップ。相手との間合いが詰まる。

〝あれっ、こんなもんか？〟

僕は心の中でつぶやいた。

そのまま、ドリブルで切り返す。地面を蹴って置き去りにした。

〝なんだ？　そんなに差がないぞ。いや、勝てるところさえある！〟

自信がどんどん湧いてくる。やってきたことは間違いじゃなかった。僕が考え積み重ねてきたことは正しかったのだ。

それを確信した。

プレーに迷いがなくなる。身体のキレがいい。スピードに乗れる。

何度も彼とのマッチアップが来る。

〝でも、彼は僕を止められない。僕は彼を止められる！〟

僕はこのときまで、バスケ選手としてどこにいるかさえわからなかった。でも、ここまで来ていたのだ。自分の現在地がやっとわかった。

高校バスケ選手としての僕が、ようやく覚醒した。

ともやん的
POWER WORD 07

自分の現在地を知れ

勉強でもスポーツでも、ほかのことでも、自分の中に積み重ねてきたものはあるはず。でも、それをアウトプットしないと、自分がどこにいるのか、どうなっているのかさえわからない。だから、早めに自分の現在地を確かめてほしい。場所がわかれば、目標との距離も見えてくる。最後まで走り抜く自信が生まれ、ペース配分もわかってくるはずだ。

役割が強くする

こうして僕は攻撃型ポイントガードとしてチームの中心にハマった。

僕は仕事や勉強は10分もやればヘタレる、どうにもならない人間だ。

でも、バスケだけは集中力があった。ポイントガードとして、チームメイトの動きや顔色を見て、100%の力を出させることに神経を注ぐことができた。

仲間がミスするときもある。そこから集中力が途切れて、試合の流れを失うことも多い。だから敏感に察知して、声をかける。試合をコントロールする。


練習は2時間しかやらないのがチームの方針だった。でも僕にとって、それは一瞬にさえ感じるもの。

そして、終わると決まって頭が痛くなった。どうやら、ずっと考えて頭がフル回転していたのだと思う。

身体よりも感覚が疲れるのがバスケだった。

バスケットボールには、僕が務めるポイントガード以外にも4つのポジションがある。ポイントガード（PG）の次にゴールから遠いところでポジションするのがシューティングガード（SG）。ドリブルでディフェンスを抜くドライブや遠いところからの3ポイントシュートをねらうなどの役割がある。

その次に位置するのがスモールフォワード（SF）で、インサイド、アウトサイドの出し入れをしながら攻守に活躍する。

ゴールに近いところでシュートやリバウンドを担うのがパワーフォワード（PF）。八村塁選手のポジションと言えば、わかりやすいかな。

そして、ゴール下や近いところで競り合うのがセンター（C）。ゴール近くでパスを受けるポストプレーの役割があり、背の高い選手が多い。

また、選手交代が何度もできるバスケでは、ベンチスタートでも頻繁に試合に出場し、試合の局面を変えるシックスマン（第六の男）という存在もある。

バスケットボールで同時に試合に出られる選手は5名であり、サッカーなどに比べて少ない。そのせいもあって、各ポジションの役割分担がはっきりしていて、それが機能しているチームほど強いという傾向がある。

そして僕たちのチームは、この面で非常に優れていた。

そもそも僕たちの学校は練習時間も短く、バスケ漬けでないのが特徴だった。そのため、人間関係の風通しもよかった。

先輩後輩の間柄もしっかりするときはしたが、基本は上下関係にうるさくなく友達感覚だった。自然に仲の良い関係が生まれる。

だから、僕たちはことあるごとに話をした。チーム内での役割をはっきりさせ、強くなるための模索ができたのだ。

特にシックスマンの位置になった選手は、ディフェンスだけなら日本一だと僕は思っていた。

でも、試合に出続けるよりも局面を変える選手であることに彼は自分を特化していた。

これは普通の高校生にはできないことだと思う。誰だって試合に出たいのだ。でも、彼はそうしてくれた。

こうして、攻撃型ポイントガードである僕が率いるチームはどんどん強くなっていく。ただし、個々の僕たちは弱かったはず。なんせ、各地の強豪校は入学即入寮で留学生も入ってくる。朝から晩までバスケ漬けだ。

これに対し、僕らは集中しているといっても練習は2時間。練習が終わったら野球して遊んでいたくらいだ。普通、敵うわけがない。

でも、僕たちは自分の立ち位置を常に確認していた。プレー中の場所のことだけじゃない。全国におけるチームの位置、個々の位置、すべてだ。

そして、そこから攻略法を考え抜いた。だからブレることはなかった。僕自身も自分の攻撃型スタイルを変えずにやってきて本当によかったと思う。

ともやん的 POWER WORD 08

自分にしかない強みを見つけろ

バスケにおける僕の強みは、ドリブルからのスピード、この1点に集約される。そこを磨かずに全体をぼんやり強化していたら、チームに必要とされる存在になれなかっただろう。なぜなら、役割がないからだ。自分にしかない強みを見つけよう。ブレることなく育もう。たぶん、バスケだけじゃなく、どんなことにも言えるはずだ。

考えることの大切さ

チームが強くなったのでカッコいいことを書き続けているが、実際の僕は毎日弱音を吐く軟弱者だ。

圭太たち地元の友人の前ではバスケの話はしたくなかったので、弱音の行き先はチームメイト。

たぶん、「やめたい」「もうムリ」などという言葉を5000回くらいは言ったと思う。

でもなあ、やめられない。だって、チームにはいいヤツしかいなかった。だいたい、1学年25人くらい入ってきて、ほとんどやめない。

やめるヤツも、勉強の成績がよくなったことで受験組に転向するとか、ポジティブな理由がメイン。

バスケ部約70人に嫌いだと思う人はいなかった。

いや、本当にいいヤツが多かった。僕は朝練で毎日15分、体幹トレーニングをするのがルーティンだったのだけど、試合に出られていないヤツがそれに毎日付き合ってくれる。彼にとって何のメリットもなかったと思う。

でも、一緒にやってくれる。メリットとか損得とか、考えないのが高校生なのだ。ただ心がキレイだった。

大人になってそのキレイさを思い出し、たじろぐことさえある。

生きていくのはお金と隣り合わせだ。本当に悪いこと考える人もいっぱいいて、怖いわあ、と思う。高校時代とのギャップが巨大すぎる。

だから、弱音を吐きながらも、僕はバスケを続けた。チームが強くなるように考えた。

この「考える」という言葉はとても便利だ。便利すぎてみんな適当に使う。すると言葉が軽くなる。意味がなくなる。

でも、それはもったいない。

バスケの場合、まずはチームを勝たせることを考える。チームの才能（タレント）や努力を加味して、また考える。そこで自分自身が何をできるかを考える。すると、やることが明確に見えてくる。後は簡単だ。やるだけ。

その道のことを一番考えたヤツがそのトップにいる、と僕は思っている。

バスケだけのことじゃない。どんな世界にも当てはまる。これは方程式だと思う。だから、考えることが大事。


このころから、僕はメモをするようになった。ペンやノートを持ち歩くのは面倒なので、なんでも携帯にぶち込んでいく。

たぶん生きている中で、その瞬間、そのタイミングでしか思いつかない、できないことってあると思う。

でも、放っておいたら1時間もすればキレイさっぱり忘れてしまう。それがもったいない。

今でも同じだ。テレビやYouTubeを見ていて、いいな、おもしろいな、と思ったことはメモしている。それが考える助けになる。

ともやん的 POWER WORD 09

考えろ！ 考えろ！ 考えろ！

考える、という行為は外から見えない。だから、「考えてるか ？ 」と聞くと、「考えてます」と誰でも答える。でも、実際は考えてない。考えるというのは、分析して、目標との距離を測り、やるべきことを具体化していく方程式。今やるべき具体的答えに至らなければ、考えてないのと同じ。とにかく、考えろ ！

全国ベスト8

チームのタイプとポイントガードのタイプは隣り合わせの問題で、攻撃的タイプの僕を使えば、チームも攻撃的戦術をとることになる。

僕が監督に抗議までしてぶつかったのは、チームの方針をめぐって、ということになる。普通、指導者に盾突くような選手は試合に出されることなく終わるものだ。でも、監督は高3のインターハイ前あたりから僕を使ってくれるようになった。

不思議に思って後になって聞いてみたことがある。

「自分を主張できるヤツは試合の中でも自分を主張できる。迷うこともない。自分で判断して、行動するからだ。そして、そんなヤツが世の中でも役に立つ」

監督はそんなことを言ってくれた。

高校に入って、2年くすぶっていたことに意味があったと気づいた。

僕は積み重ねてきたことを自己表現したかった。引っ込み思案しているヒマなんかなかった。

そして、僕は爆発するようにコートの上で自分を主張し、結果を生んだ。

この監督だったから今がある、本当にそう思う。

何かに直面したとき、悩んだとき、たぶん、答えなんかないんだと思う。考えて、考えてやってきたこと、その結果が答え。

その時点では信じてやるしかない。結果が出たときは、間違いだったとか、そういうことにはならない。やってきたのだから、後戻りなんかできないから、それでいいのだ。

そう考えないと答えを探ることに必死になってしまい、前に進めない。やっぱり、答えなんかない。

僕にとっては、試合に出られないという問題が先にあった。チームに合わせるという短絡的解決を選ばず、2年以上の時間をかける解決法を選んだ。

解答に至るには、長い演算と努力が必要だったが、ひとつずつ解いていくことで、自分の思い描いた場所にたどり着いた。

大阪府4冠。
インターハイ、全国ベスト16。
ウインターカップ、全国ベスト8。

個々は決して強くなく、それでも、話し合い、考え、役割を分担し、チーム力で挑んだ僕たちが残した結果だ。

ともやん的
POWER WORD 10

答えなんかない

問題に直面したとき、なんとなく答えになる解決法があるような気がしてしまう。そして、答えを探してウロウロしてしまう。何も進まず、解決しない。自分で考えて、判断して、信じてやる。続ける。時間が過ぎたとき、なんらかの結果が残る。それが答え。正しかったとかはどうでもいい。ただし、行動しないと答えには至れない。

友人との旅行

秋、ウインターカップの予選が終わり、僕たちバスケ部には1カ月ほどのオフがやってきた。

普通のバスケ強豪校ならば、この時期も猛練習のはず。でも、スパッと休みになるところが僕たちの学校らしいスタイルだ。

すると、圭太が声をかけてきた。

「どっか、旅行とか行こか？」

僕はめちゃくちゃうれしかった。

なんせ、僕はバスケ部だ。土日祝日だろうが、春夏冬の長休みだろうが、だいたいバスケがある。2日以上をかけて出かけるなんてできない。

対して、圭太たちは部活がない。仲間同士でちょくちょく出かけていた。

「お前ら、ええなあ」

よく僕はぼやいていたのだ。それを知っていたからだろう。僕のために提案してくれたのだとわかる。

高3の9月21日。僕の小中学校時代の友達であるやっさんが家族の車を借りてきてくれた。彼は車の免許を早めにとっていたのだ。僕と圭太は乗り込む。

高3の男子3名での小旅行だ。行き先はまだ決めてない。仲の良い友人たちと過ごせれば、どこだってよかった。

「奈良方面でも、行ってみよか?」

思い付きで行き先は決まった。やっさんがハンドルを切り、僕たちは奈良に向かう。

まあ、奈良に行くなら、とりあえず奈良公園になる。鹿がなんか食いながら、こっちを見ている。

関西の学校ならば、なんやかんやで来たことも多い。特にめずらしくもない。

ついでに関西の人ならわかると思うが、奈良公園は市街地から微妙に遠い。お寺などの史跡と自然で成り立っているのでコンビニとかも遠い。

「なんか、来るとこミスった気がする」

圭太が言う。僕とやっさんも同意する。

「せめて自然に触れ合おか？」

僕たちは車に乗り込み、奈良県内を南にどんどん進む。

桜で有名な吉野周辺を越え、さらに深い山道を行く。太陽は十分に傾き、やがて消えた。

到着したのは自然豊かな天川村《てんかわむら》。しかし、もう夜だ。

川の流れる音は響くが暗すぎて何も見えない。せっかく川原に来たけど今日は寝るしかない。だが、寝床なんて確保していない。

僕らは少し離れたコンビニに向かい、せまい軽自動車の中でギュウギュウになって寝る。

とことんアホだった。

コンビニ駐車場で目を覚ました僕らは、ようやく日中の観光に繰り出す。

天川村の川はめちゃくちゃにキレイで、夜とはまったく印象が違った。

「やっぱり、泳がんとアカンやろ」

僕たちはそれができそうな川原を見つけた。ただし、9月下旬であるが、ここはバリバリの山中だ。気温も水温も低い。

なのに、僕たちは川に突撃する。

「つ、冷たっ！」

全員が叫ぶ。でも、意地でも川の中を泳ぐ。死にそうなほど水はクールだ。ゲラゲラ笑った。友達とアホなことをしてるだけで僕らは楽しかった。

強引に泳いだ後は近くの鍾乳洞を見学し、川原をゆっくり歩ける遊歩道を通る。

とても気持ちのいい場所で、気の合う仲間と一緒だから、派手な観光じゃなくてもとても楽しい。

でも、僕たちは所詮高校生だ。財布の中身が悲しいほど少ない。

「腹減ったな。定食屋入ろうか」

観光地の値の張る料理など食えない。めっちゃ小さい普通の定食屋で腹を満たす選択をする。でも、僕らの財布の中身は定食屋の度量さえ超えて小さかった。

「あ、鮎の塩焼きやったら食えるな」

「川に来た気分にもなるな」

僕らは、さも観光で鮎の塩焼きを楽しんでる風にそれを食った。

腹なんか満たせたわけない。でも、僕はこの思い出が好きだ。何度も僕の心を満たしてくれる、かけがえのない記憶だ。

こうして僕らは帰路についた。たった1泊2日のこと。なのに、一生忘れない2日間。

親友でよかった

旅行の少し後、いつものイオンモール大日に近い大阪王将で、僕と圭太はふたりで飯を食っていた。

日常過ぎて何を食べたかもおぼえていない。たぶん、餃子は注文したはず。

「俺は有名になるからな」

いつもの圭太の大口がはじまった。こいつはこういうことをみんなの前で平気で言う。アホみたいではあるのだが、圭太はいつも真剣だし、彼の個性はそれを可能にする感じさえあった。

それに、僕はそんな圭太に少しあこがれていた。僕だって、少しは有名になりたいと思ってはいた。いや、誰でもそんな面はあるだろう。

でも、人前で口にするのは恥ずかしい。堂々と言える彼をうらやましく思っていたのだ。

「お前はええよなあ。バスケで全国大会行って活躍してる。軽く、有名になりつつある」

逆に圭太は、僕の立場に少しあこがれるようなことを言う。

バスケで全国大会に出たからといって、有名なんかになれるわけない。でも、ひとつの世界で小さいながらも成功した僕に、彼は敬意を払ってくれる。


「俺、俳優になりたい」

圭太が少しあらたまって僕に言った。そして続ける。

「俳優になって、有名になって、お母さんに恩返ししたいんや」

彼のお母さんは苦労を重ねた人だった。根がやさしい圭太は、そんなお母さんを大事にする気持ちが強かった。


「なあ、俳優って、どうしたらなれるんやろ？」

僕に聞いてくる。目標があるのだったら、そこへの道筋を考えるべきだ。バスケで得た僕のノウハウだった。

「本気でやるんやったら、具体的にやらんと」

僕は彼に返す。圭太は考え、さまざまな俳優たちの最初の一歩を列挙していく。どんな方法があるかを探しはじめる。

僕たちは仲がいい友達だったが、こんなにマジメに話し合ったことはない。はじめて将来を語り合った。彼の思いがあふれ、僕にビシビシ伝わる。

「なんか、いつもアホなことしてたけど、はじめて深い話になったな」

圭太も気がついて、そんなことを言った。

アホ成分ばっかりだった僕たちだけど、一気に大人になったと気づく。決して、つまらない大人じゃない。アホなことは相変わらず考えるけど、しっかり自分の足で立って、歩こうとする、かっこいい大人。

たくさん話をした後に彼は言う。

「やっぱり、東京行かんとなあ。卒業したら東京行く！」

圭太の結論を聞いて、僕は急にさみしくなった。せっかくバスケが終わって遊べるようになるのに、遊ばれへんやん。

するると、圭太が問う。

「で、お前はどうすんねん？」

急に聞かれて、僕は黙ってしまった。僕は何も決めてなかった。圭太みたいに強く思ってもいない。だから、言えない。

沈黙する僕を見て圭太は言う。

「まあ、ええわ。でもな、俺は思う」

圭太の顔がクシャッと崩れた。笑う。

「お前が親友でよかった」

たまらないほど、いい笑顔だった。僕は心の中で思った。

〝お前の方が最高じゃ。ボケ！〟

何も特別じゃない日だった。でも、僕はこの日を忘れない。

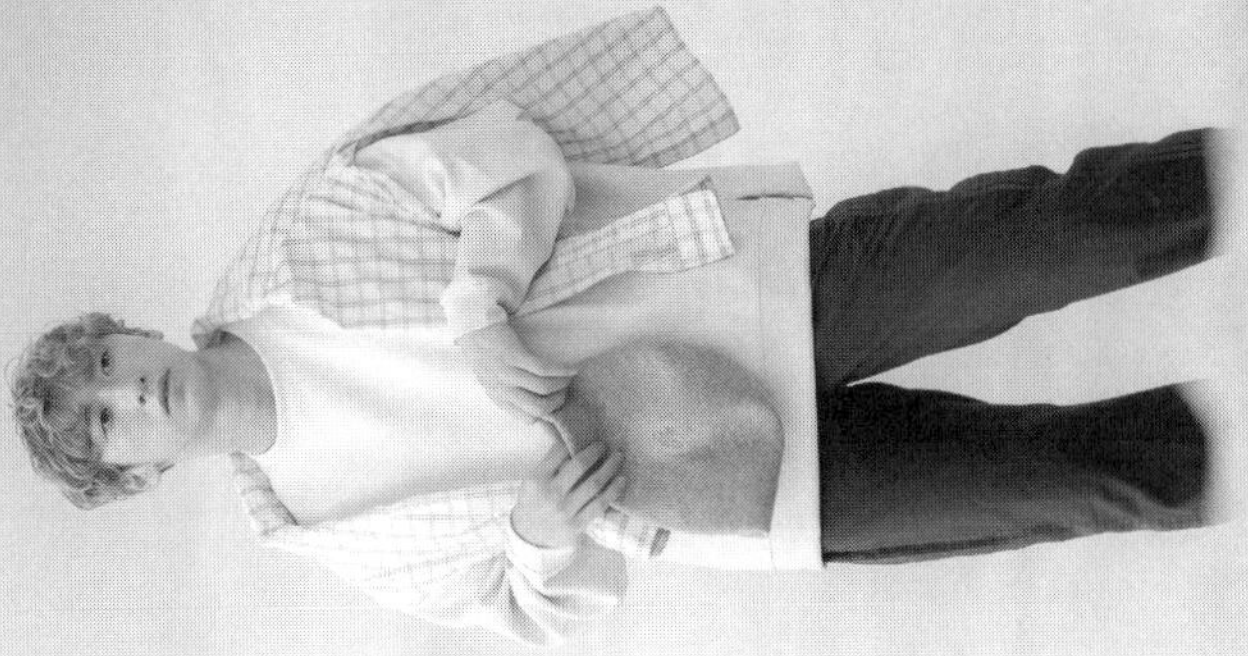

第3章

ともやん、YouTuberに。絶望の中にあった希望

11月1日

2015年の11月1日は日曜日だった。

ウインターカップを前にしたバスケ部の練習も再開しており、僕はまだ暗い朝の5時に朝練へ向かった。肌寒い日で天気もよくなかったように思う。

グループごとに入れ替えしながら練習は続く。この間は休憩があっても、携帯電話に触れることなどはない。午前はみっちりバスケだった。


練習が終わり、片付けなどを済ませて、僕はようやく携帯を手にした。

画面を見て、驚いた。地元の友達や親などから、ものすごい量の着信があった。

どうしたんだ？と思って、あちこちに連絡してみたけどつながらない。ようやく、少し前に一緒に旅行をしたやっさんが出てくれた。

「ヤバいことになってる。はよ帰ってこい！」

僕はなんの話や、と思った。ラインなどを見る。何かが起きたことはわかった。

次に母と連絡がとれた。

「圭太君が大変なことになった。迎えに行くから」

僕は呆然としていたと、後にバスケ部の仲間が教えてくれた。情報はもらったけど、自分の中に入って来なかった。理解できていない。

母が車でやってきた。泣いていた。僕は車に乗り込む。病院に向かうのだと思った。でも、車は圭太の家に向かう。


何が起きたのか、まだ、わかっていない。圭太の家に入った。彼の部屋ではなく、リビングに向かった。圭太がいた。眠っていた。

僕は彼の顔に触れたと思う。冷たかったことをおぼえている。現実を理解した。


でも、そこまでだった。

ここから、僕はなんにもおぼえていない。圭太にちゃんと話しかけたのか、わからない。手くらい握ってやったのかも記憶にない。

ちゃんと泣いてやったのかさえ、僕はおぼえてない。

この日の朝、友達と遊んでいたらしい圭太は、京橋から自転車で家に帰っていたそうだ。その途中、タクシーとぶつかった。それが彼の最後だった。

死ぬとか、一番ありえないのが圭太だった。そんなことを僕は思いつきもしなかった。おもしろいこと言って、周囲を笑わせるのが彼だ。僕の近くで、いつも笑ってるのが似合うのだ。

でも、もういない。


彼のお葬式で僕は弔辞を述べたらしい。でも、それもおぼえていない。ようやく、記憶が戻ってきたのは、お葬式が終わった後、圭太のお母さんを前にしたとき。

この人は、つらいどころじゃないと感じた。


「俺が圭太の分も有名になるから。圭太の分も親孝行するから……」

僕はボロボロ泣きながら、そう言った。

葬儀には1000人近い人がやってきた。圭太はただの高校生やった。夢はあったが、ほかにはなんもなかった。でも、これだけ人が来る。それだけの人に愛されていた。

僕は大切な親友をうらやましいな、と思った。

同時に、やっぱりええ男やなあ、と誇りにも思った。自分よりも人のことを大切にするヤツやった。

背はたいして高くもなかったのに、やたらと目立ったな。ずっと笑ってたもんな。

圭太のお母さんは、彼のことをよく菅田将暉さんに似てると言っていたな。たしかに、ちょっと雰囲気があるわ。

ただし、そこそこイケメンのくせに、「どこの美容室行ってん?」というくらい変な頭してたな。なんかウルトラマンみたいやったぞ。

俺なんかより、しっかりした夢を描いてたな。やっとそこへ進むところだったのに、力強く一歩を踏み出すはずだったのに。

でも、もういない。親友やのに、なんか知らんけど一緒にいない。

さみしいんや

僕にとって、ウインターカップが目前にあったことは救いだったと思う。すべてをそこにぶつけるために、バスケ部の仲間と全力の時間を過ごした。

もちろん、圭太を失ったことは事実として理解していた。

だから、彼の遺影を試合会場に持ち込んだりもした。圭太の笑顔が力をくれたのは確かなことだ。

僕の高校バスケにおける最高のパフォーマンスは、このウインターカップだった。だから、全国ベスト8という結果も生み出せた。

でも、トーナメントは負ければ終わる。同時に僕の高校バスケも終わる。

大学はそのまま近畿大学に進むことにしていたから、勉強しまくる必要はない。

もう、バスケも引退した。僕の高校生活は、残り物みたいなものだった。

年が明けると、修学旅行があった。少し楽しかったかもしれない。

でも、終わると自由な時間が続く。やりたいことをしようと思った。やってみた。なのに、楽しくない。

ボーっとしている時間が増える。もやもやと何かが覆いかぶさっている。家を出ることが減った。


3月。卒業式だった。僕は久しぶりに家を出て、学校に向かう。そこにはバスケ部の仲間がいた。互いに汗をかいて過ごした時間を笑い合う。

僕はバスケ部のみんなの笑顔を見て思う。

「もう、こいつらとバスケやることはないんや……」

彼らとは進む大学も別々になった。あんなに充実した時間を共有したのに、もう集まることもなくなっていく。年月を重ねると、それさえも減っていく。

どんどん誰もかもいなくなっていく。

急に感情が昂る。涙があふれてくる。やっと、わかった。

「俺、さみしいんや！」

でも、もう心身を研ぎ澄まして向き合うバスケもない。圭太もいない。


医学的に言えば、僕は鬱の状態だったのだと思う。これと前後して僕は家を出ることはなく、眠ることも不自由になった。

たまにパニックにもなる。ずっと誰かに見られている気がした。急に僕をあせらせるように誰かが早口でしゃべるのが聞こえた。落ち着けない。


涙ばっかりこぼれてくる。

だから、圭太のことを考える。ホンマやったら、楽しく遊んでたのになあ。いや、アイツ、東京行ってしまってるんやったっけ？

考えもまとまらないから、することはテレビドラマを見るくらい。

本当は病院に行くべきなのだけど、病名をつけられるのを心が拒否した。そんな日々が2カ月ほど続いた。

心はずっと後ろ向き。これからの人生を考えるけど何も浮かばない。浮かぶのは周囲の人がいなくなるビジョンばかり。

彼女とはずいぶん前にサヨナラをしていた。圭太もいない。バスケ部もない。親もいつかいなくなる。僕の周りには誰もいなくなる。怖い、怖い。

それでも、友達が声をかけてくれる。でも、僕は言ってしまう。

「今日は、ええわ」

僕は部屋の中で転がっている方を選んだ。なんにもないのに。

だから、バスケにお別れ

そんな沈んだ日常が続く中、僕は圭太のお母さんに言ったことを思い出す。

「圭太の分も有名になるから……」

ここで僕はバスケをやめることを決意する。

小学校から11年も続けてきたバスケだった。たくさんのものをくれた大切なものだった。だけど、バスケを続けて、圭太のお母さんに言ったことを現実にする未来は見えなかった。今思えば、バスケにとても失礼な話なのだが、真剣にそう思った。

後にご本人にもお会いしたのだが、このときの僕は、武井壮さんがおっしゃっていたことを思い出していた。

武井さんは陸上競技の十種競技で日本チャンピオンにもなった人だ。日本一であるのに、競技後に会場周辺を歩いたとき、誰にも声をかけられなかったというエピソードをよく語られていた。

野球やサッカーの日本代表選手レベルや、オリンピックメダリストなら別だが、基本的にアスリートは僕が思うような有名人にはなれない。

バスケではないと思った。僕自身は努力を続ければプロにはなれる気がした。そこから、一流になれるかは自分次第だろう。でも、超一流になれるか、と考えれば疑問符ばかりだった。

もちろん、田臥勇太選手のようにNBAまで上りつめれば話は違う。

でも、2016年の当時、バスケットボールには華やかさがなかった。サッカーや野球どころかバレーボールにも及ばない。メジャースポーツとは言えない世界だった。

現在はNBAに八村塁選手がいて、渡邊雄太選手もいる。国内でも富樫勇樹選手らが活躍している。僕のようなバスケ系YouTuberがバスケの裾野を広げようと、微力ながら活動してもいる。バスケを取り巻く環境は着実によくなっている。

しかし、当時はそうじゃなかった。

だから高校まで続けたバスケと僕はお別れした。

「なあ、有名になるってどういうことかな？」

僕は圭太に聞いたことがある。

「そりゃあ、みんなからキャーキャー言われることやろ」

彼の答えに僕は少し笑う。

そうやな、キャーキャー言われて街中歩けないくらいなのが、有名ということやな。僕はそう定義した。

「バスケはないな」

僕はバスケではなく、違う道で有名にならなければいけない。

実際、高校バスケで「やりきった」という実感もあった。

サッカーや野球でも同じだが、高校生の全国大会というのは、裾野の広い学生スポーツの、ある種到達点でもある。

その先、大学まで進んで続けられるのは、実は一握りの人数。

しかも、その道を歩むと同時に、アマチュアでありながらもその競技のヒエラルキーにガッチリはまってしまう。

だからバスケとはお別れした。でも何をしたらいい？

ゼロの人間

大学に入学したが、僕は自分と向き合う日々が続く。

僕の中にあるのは圭太のお母さんに言った言葉だけ。それは圭太本人との約束のように思っていた。

「圭太の分まで有名になる」

これは大学4年間で僕がやるべき、絶対的なことになっていた。

だから、大学生らしいサークル活動なんかはしなかった。

別に遊ぶのが悪いと思わない。

でも、4年間をヒマつぶしのように過ごすのがイヤだった。僕にはやるべきことがある。

そっちを向いて過ごしたい。


しかし、ずっとやってきたバスケはやめてしまった。

そして気づく。

「俺、何もないわ」

考えれば考えるほど、自分は空っぽだった。


圭太みたいに俳優でも目指してみる？

俳優という仕事を細かく分析してみる。自分のキャラクターや能力とミスマッチな気がする。やりたいことと違うように思う。


ミュージシャンなんかも有名になる方法だな、と考えたりする。圭太がギターをやっていたのを思い出したのだ。

でも、ヘタクソだった圭太どころじゃない。僕は楽器を触ったことさえない。

「ないな。ムリムリ」

さすがにわかる。一生懸命音楽やっている人に失礼だ。


僕はゼロの人間だった。何もない。

バスケをしていたとき、嶋津友稀という僕の名前には多少の値打ちがあった。チヤホヤもしてもらえた。

でも、そのバスケを外すと何もない。


悩んでいるだけで1年近くが過ぎてしまった。ぼんやりと大学生活を送っているだけ。

「行動力が自分には欠けてるなあ」

僕はそこに気づく。

自分がやってきたことは敷かれたレールを走ってきただけだ。親や先生が用意してくれた場所でやってきただけだった。

それに対して、圭太は違った。どんなことにもチャレンジする人間だった。たぶん東京に出て、いろんな人に出会い、いろんな壁にぶつかっていただろう。

僕も同じようにアクションを起こせばいい。でも、恥ずかしさが先に立つ。周囲の目が気になる。

「これやって、バカにされたらどうしよう」

そんな風に先回りして考えてしまう。

いや、要するに覚悟がない。バスケで学んだことも生かせてない。思いきってやることで道が開けることを、知っているのにやらない。

今日も一歩も踏み出さずに過ぎていく。

YouTubeを知る

このころ、僕ははじめてYouTubeを見た。YouTuberという存在もはじめて認識した。

いや、そういう世界があるんやな、とは前から理解していた。

でも、ギリギリ脳内にヒカキンさんが入っていたくらい。しかも、それは「ボイパ（ボイスパーカッション）の人やろ」というレベル。

失礼極まりない。「それを言うなら、ヒューマンビートボックスとかやろ！」とツッコミが入るボケを天然でやってる状態だ。

でも、僕はこの世界に強く惹きつけられた。

僕には圭太らと一緒にVineで動画を撮って遊んだ記憶があった。

あんな感じで友達らと楽しくやって、人気が出たら有名にもなれる。

「これやっ！」

僕の脳が急に活性化する。YouTubeって、どうやってつくるんやろう、と考える。

そこで僕はいきなり壁にぶつかる。

これ、自分ひとりでできるか？　陽キャを気どっていても、僕は恥ずかしがりやぞ。自分の本質くらいわかってる。

じゃあ、自分ができないことは誰かに補ってもらえばいい。バスケと一緒だ。役割分担して強くなればいい。

そこまで考えて、僕の踏み出しかけた一歩は戻ってしまう。

ああ、アカン。僕には仲間がいない。

この時点で嶋津友稀はまだまだゼロの人間だった。

今に続く一歩

YouTubeをやろうとは思ったが、何もできない日々が続く。気がつけば大学生活も2年目に突入している。

ある日、友達がリツイートしている動画が目に留まった。

「なんや、『すっとん京平くん日記』？」

見てみると、合宿免許に行ってヒマを持て余してる人たちの動画だった。

おもしろいか？と問われるとそこまででもない。でも、僕の心の中に、なんとも言えないなつかしさが漂ってくる。

なんか楽しそうなのだ。

そして、中のひとりにどうしても目が行ってしまう。楽しそうな笑い声、陽気な雰囲気、振るまい。

「なんか圭太みたいや」

今の、どば師匠だった。

顔なんか全然違う。でも、僕には圭太に似て見えて仕方ない。

会いたい。会って、また笑い合いたい。

僕は彼にいきなりＤＭを入れた。

まったく知らない相手だった。普段、僕はそんなことしない。いや、できない。

でも、やってしまった。後悔なんかない。

圭太がいなくなってから、僕は楽しい気分なんか感じなかった。けれども急に景色が変わる気がした。

ようやく、僕は一歩を踏み出したのだ。

また、楽しくなれるかもしれへん。

仲間ができた

急に見ず知らずの人間から連絡されたのだから、どば師匠も驚いたはず。でも、彼は気軽に返事をくれた。

すぐに会うことにした。最初はどば師匠とたかしがやってきた。場所は大阪梅田。やっぱり、師匠には圭太みたいな雰囲気があった。

「どっかで話そうか？」

そんな軽い会話でサンマルクカフェに入った。

「一緒にYouTubeをやらん？」

僕が言いたいことは、その1点。

でも、僕と師匠たちは初対面。実は彼らは僕のことをツイッターなどで多少予習していたらしい。

バスケで全国大会に出たヤツという認識。だから、バリバリのアスリートタイプと思っていたみたいだ。

そんなこともあって、最初は師匠が軽く拒否った。

でも、僕は彼らの動画に感じるものがあった。ビビッと来ていた。彼らとなら行ける気がする。

そこで、圭太の話をした。

「なんか、似てるんや。だから、うまくいく気がする」

師匠はその話に驚いていた。

「自分、京平って名前なんやけど、親がその名前にするか悩んだ別候補が圭太やったらしい」

たかしも言う。

「俺、誕生日11月1日や。彼の命日なんやな」

別にただの偶然でしかない。でも、僕は圭太がくれた運命のように思ってしまう。

すると、どば師匠が言った。

「俺らも仲間でYouTubeをやろうと考えてた。一緒にやろか」

こうして僕は仲間を得た。

どば師匠とたかし、それにてっちゃんとぺろ愛男爵も含めたメンバーに、僕はスッと入っていけた気がする。

はじめまして、と緊張することもなかった。

偶然なのだが、僕らは同じ20歳だった。でも、その辺のただの20歳。ビジネスなんかわからない、ただの大学生だ。

そのくせ、なんか楽しそうだ。


僕にとっての希望は絶望の中にあった。すべてなくなったからこそ、何かをはじめようと思ったのだ。

だから面識もない、どば師匠にいきなり連絡できた。あのアクションがあったから、その後がある。今がある。

大事なのは行動すること。一歩を踏み出すこと。

そうすれば、明日はもっといい日になる。

ともやん的
POWER WORD 11

希望は絶望の中にある

悲しいことに出会うときがある。すべてなくなってしまうこともある。絶望の底に沈んでしまう。僕もそうだった。親友を失い、さみしいことに気づいた。何もない自分を知った。下を向いて、何もできなかった。でも、もう一度笑いたくなった。親友がくれた楽しさを味わいたかった。だから、立ち上がった。希望は目の前にあった。

Lazy Lie Crazy

新たに出会った仲間たちに、僕は手ごたえというか可能性を感じていた。

僕自身はひとりになると恥ずかしがりで、YouTube的ノリなんか発揮できない。

でも、どば師匠は違う。彼は変だと思う。恥ずかしいという感情をどこかに忘れてきてしまった気さえする。平気で外で叫ぶ。トークも途切れない。

たぶん、アホなのだろう。でも、そのアホさがとてもいい。


たかしは大阪市東部の放出《はなてん》で、僕は守口市。家も近いので大学がそれぞれに終わると、集まることが日課のようになる。

グループでYouTuberになるのだから、その名前を決めなければならない。メンバーが僕の家に集まって話し合う。


最初に盛り上がった案は「Foot Bad Smells」。要するに足が臭いヤツら、ということになる。

なんか、めっちゃおもしろい名前のような気がしてくる。それでいいような空気になってくる。いけそうに思えてくる。

でも、僕たちはグループだ。誰かの魔法が解ける。冷静に戻って言う。

「アカンやろ。普通に売れへんやろ」

その一言で全員の魔法が解ける。

「ハッ、ホンマや。なんでこんなしょうもないの、ええと思ったんやろ？」

冷静になって、再度考える。そんな流れ。


夜通し考えて、眠気と疲労で全員がおかしくなる。誰かが言った。

「ヨド戦記って、ええ感じちゃうか？」

僕らの近所にはいつも淀川がある。ファンタジー文学の傑作である『ゲド戦記』はスタジオジブリの映画にもなった。それに引っかけた案だ。しょうもない。

なのに、この案は強烈な魔力を発揮した。誰も魔法が解けない。

「めっちゃええやん！」

「それで行こか！」

全会一致してしまう。このままだったら、運命は変わってしまっていた気さえする。

でも、僕らは眠すぎた。確定せずに解散した。

翌日、また顔を合わせる。

全員の魔法は解けていた。昨日、あれだけ輝いていた「ヨド戦記」はゴミカスのような案に思えていた。

「アカンな。絶対にアカン」

運命が元に戻った。

喜連瓜破《きれうりわり》駅近くのスーパーのイートインコーナー。僕たちの会議は続く。

すでに数本の動画は撮っていた。

「よう、ヒマ人！」

決まってこのフレーズではじまるのが僕らの動画だ。

「ヒマ人が好きなヒマ人ってどう？ 英語にしたら、Lazy Like Lazy」

僕は思いついたことを言った。

「れいじーらいくれいじー、か。なんか、よさそうやな」

「最後、クレイジー、にも聞こえるな」

何かが降臨した気がする。みんなでゴロ合わせのように考える。

「Lazy Lie Crazyって、ゴロよくないか」

特に意味はない。ヒマ人、ウソ、クレイジーと並べただけ。でも、僕たちに似合っている気がした。

「めっちゃカッコええやん！」

みんな興奮気味に支持表明する。アカン、この案も「ヨド戦記」クラスの魔力で僕らをたぶらかしているのかもしれん。


でも、この案は翌日も輝きを失わなかった。

「レイクレでええな！」

こうして、僕らは「レイクレ」になった。

はじめてのYouTube

YouTubeをはじめる決意はいいのだが、僕らは誰もやったことがない。

「なんか、MacBookとかいるみたいやぞ」

僕らはネットなどで調べて、YouTubeのはじめ方を学ぶ。

「それ、ナンボするん？」

調べて驚く。学生にはめっちゃ高かったのだ。なんやねん。

みんなで顔を見合わせる。そんな金があるヤツはいない。

これを解決したのは、どば師匠。彼は親に金を借り、輝くMacBookを調達してきた。

「もう、なんとしても売れんとアカンようになった」

金を返すためにも、動画をつくらねばならない。

だが、僕たちは編集経験もない。ゼロだ。僕とどば師匠が中心になって、ネットで編集のやり方を調べる。

「音声ファイルを切り出すことをファイルカットとか言うらしいぞ」

今なら、アホかと思うレベルで会話していた。

たった4分の動画を編集するのに、要する時間は3日。ヘトヘトだ。こんなんでは、バンバン動画をアップできない。


でも、僕はめっちゃ楽しかった。

数カ月前まで、僕は絶望の中に転がっているゼロの人間だった。やることもない。やれとも言われない。そもそも言ってくれる仲間もいない。

だけど、そのゼロから一歩を踏み出した。

すると仲間ができた。やることばかりになった。動画編集なんかしたことないのに、パソコンなんかほとんど触ったことないのに、やらんとアカン。

マジでしんどかった。

それなのに、撮影も編集も全部おもしろく感じる。新しいことにチャレンジするのって、ホンマに楽しいのだ。


小さいころ、はじめてバスケをやったときもそうだった。チャレンジすると、おもしろさに出会える。楽しくなる。

一歩を踏み出せて本当によかった。僕にとって、こんなに大きな一歩はなかった。


出来上がった動画を、たったひとつのMacBookのモニターで見る。頭をゴチゴチ突き合わせてみんなで見る。その時間が最高に楽しい。

だって、仲間がいるんやで。仲間と笑ってられるねんで。こんなにおもろいこと、あるわけないやん。

気がつけば、また笑えている僕がいた。

再生回数200回

こうして2017年8月6日。つくった動画をYouTubeにアップする。自分たちの中では、かなりおもしろいという手ごたえがあった。

チャンネル登録者数なんか、モリモリ伸びていくと思った。

だが、僕らは現実にガツンとやられる。

再生回数200回。それが普通。1000回行くのは超大変だった。

明らかに、僕らはYouTubeをなめていた。

それなのに、僕たちには最初から「チャンネル登録者数100万人！」という目標があった。ちゃんとみんなで共有していた。

でも、そこには温度差がある。

まあ、僕の場合は圭太のことがある。それくらいの目標を掲げて、突き進んでいく中にいろんなことがあると考えていた。全国大会を目指すようなものだ。

ちょっと特殊な経験があるから、ほかのメンバーとは違って当然。

みんな大学生の遊びの範囲でやっていこうという感覚が強かったと思う。それは仕方ないことだ。


けれど僕の話は別だ。正直この時点で普通に就職する気さえなかった。

もし、仕方ないからと就職の方向へ進んでしまっては、僕は圭太との約束を果たせなくなる気がした。


会社員をやりながら、どう彼に言い訳するのか考えたくもない。

今から考えれば、世間知らずも甚だしい話だ。けど、僕は視野が狭かった。狭すぎるから、そこに自分を追い込んだ。

とても不思議な話だけど、僕は視野が狭くてよかったとさえ思っている。だから、まっすぐに突き進めた。


今になって思い返す。絶対にこうなると目標つくって、覚悟決めたら誰でもそうなれる気がする。

でも、人はできないことに言い訳する。そんなこと言うてるから、できない。

ビビってても仕方ない。

僕は何かをするときに、70％の自信と30％の不安があるくらいでいいと考えている。

それくらいであれば、前者が勇気をくれる。後者が努力をくれる。

ビビって踏み出すことをためらうよりも前に出たくなる。でも、不安は残るから、それを打ち消すために努力を続ける。

今日がある。明日を変えたい。そのために今日一歩踏み出す。

やらんかったら、明日も同じ。その違いが大きい。

僕はそれを自分に問い続けた。

ともやん的
POWER WORD 12

70%の自信と30%の不安

何かをはじめようとするときに、不安ばかりだったら、前に進めない。自信ばかりだと、慢心して、何かを見失う。だから、70%の自信と30%の不安。それくらいがちょうどいい。前者が前に踏み出す勇気をくれる。後者は努力をくれる。前に進んでいくときに、用心深くなり、ミスも少ない。不安はあっていい。誰でもそんなもん。

バスケネタでバズれ！

それでも、レイクレは低空飛行を続けていた。

タレントさんなんかがYouTubeに進出してくると、途端にチャンネル登録者数が爆増していくのだが、僕たちにそんなことはない。

「けど、チャンネル登録者数が1000人行くまでは自力でやっていこう」

そうメンバーで話していた。工夫やテクニックも大事だけど、根本は自力にある。バスケのフィジカルトレーニングみたいなもんだ。


ただ、問題の根本はさすがに理解していた。

要するに世間は僕たちのことなど、誰も知らない。知らないものは探さない。偶然ぶつかるだけ。それでは、僕らの動画にたどり着けない。


このころ、僕には秘策があった。僕のバスケだ。動画のネタとして、これは武器になる。

でも、チャンネルの規模が小さい段階でバスケを使うと、ただのバスケチャンネルになってしまう。

それではいつか頭打ちになる。バラエティチャンネルとして認知されないと、幅広い人が見てくれない。

僕はタイミングを計りながらも、どうすれば価値が出るかを考えまくる。

実はYouTubeというのはサムネイルと一緒に出てくるワードがとても重要。そこにパワーワードというか、パンチワードが利くと一気に再生数が伸びる。

あちこちで「もしも……」がつくシリーズが流行っているのは知っていた。Aだと思っていたものが、実はBだったというパターンだ。

僕はさらに考える。自分の持っているものを探す。

すると、バスケにおける「全国大会経験者」という看板を見つけた。

これは利くはずだ。

3カ月をかけ、レイクレはとうとうチャンネル登録者数1000人を超える。大阪の20歳の大学生らが、じりじりとたどり着いたのだ。

そこまでの道でメンバーそれぞれに得たものもあった。


僕は今こそ飛び道具が必要だと思った。

最初のバスケネタ投入を決める。「全国大会経験者」というワードが入っている動画を投稿した。
1、2日でチャンネル登録者数が3000人になる。たぶん、「全国大会経験者」や「全国経験者」というワードは国内初だったんじゃないかと僕は思う。
「こ、こんなに伸びるんや」

僕たちは驚いていた。同時に何かをつかんだ。次の一手は？

これも僕は用意していた。海外のバスケ動画を見まくり、「オタク」関係の動画がスゴイ再生数になっているのをチェックしていた。数千万再生さえあったのだ。

僕は考える。アニメやマンガ、ラノベで人気なのは、なんもないキャラが、いきなりスキルを発揮するカタルシスだ。

オタクが急にバスケうまかったら、おもしろい。

こうして、「もしもオタクが全国経験者だったら」というネタをアップする。

この動画の反響はすごかった。ぐんぐん伸びて100万回再生を突破する。


一連のバスケネタのヒットには僕なりの戦略があった。

何かを目指して進んでいくとき、競争の激しい場所ではすぐに競争相手にぶつかる。トーナメントなら即敗戦で淘汰される。

でも、競争がないところなら？

長く生き残れる。トップへの道も近い。

当時、YouTubeの中でバスケは競争の少ないジャンルだった。バスケ系YouTuberなんかほとんどいない。現在とは違う環境だった。

僕は競争のないところを探す戦略で勝負をした。これが功を奏した。

2017年の秋。チャンネル登録者数は3万を超えていた。

メンバーと僕は笑った。

「俺らYouTuberやな！」

大阪のどこにでもいる大学生たちが、YouTuberの隅っこに届いたのだ。

ともやん的 POWER WORD 13

戦略とは競争のないところを探すこと

何かを成そうとするときに、流行っているから、好きだから、という自分側の事情だけで突き進むと、競争の激しい世界であることが多い。そういう場所では淘汰される可能性もかなり高い。でも、競争のないところで勝負すると、その確率はグッと下がる。トップも近い。自分の思いはもちろん大事だけど、戦略性はやっぱり必要だ。

Jazzy Life Crazy

第4章

YouTuberのともやん
飛躍と成功、そして失敗

僕を変えたチビッ子たち

バスケ系のネタが受け、「レイクレ」は再生回数を増やした。ただ、バスケネタの中心は当然僕だった。

僕はバスケ系YouTuberとして急速に世間に認知されるようになる。

最初にイベント出演のオファーがあったのは能登半島でのバスケイベントだった。はじめて視聴者に会うことになる。ドキドキしていたのだが、ふたを開けて驚く。小さなイベントだったのに400〜500人の人が集まってくれたのだ。

「こ、こんなに見てくれてるんや」

しかも、そこにはチビッ子や小学生もたくさんいる。その子たちはヒーローを見つめるような目で僕のことを見てくれている。

子どもってテレビ番組のヒーローにあこがれるものだ。それと同じように僕なんかのプレーを見てあこがれてくれる。

めちゃくちゃにうれしかった。


僕はそれまで、ネット世界に対してネガティブな印象ばかり持っていた。実際、僕たちの動画にはアンチコメントもあるし、バスケ動画にも批判的な意見がある。

でも、ネガティブばかりじゃない。

僕のバスケはこんな小さな子にまでも届いていたのだ。

僕はヒーローになりたいと思った。この子たちにあこがれ続けられる存在でありたいと思った。

そんな気持ちが僕の中に湧いてくる。


このときまでは、バスケでYouTubeの視聴者数や再生回数をいかに伸ばすかばかり考えていた。レイクレは弱小だったからだ。

でも、バスケに対する別の気持ちが芽生えてくる。

どうこう言っても、僕はバスケが好きだった。この楽しい、すばらしいスポーツを盛り上げたいと思うようになった。

「バスケに恩返ししたい」


これは僕にとってとても大きな変化だった。とうとう僕にもやりたいことができたわけだ。はじめての自分自身の夢だ。

圭太の夢を追うのが僕の目標だった。それをやればいいと思っていた。でも、その中で僕は変化し夢を見つけた。

自分のことだけじゃない。圭太のためだけでもない。みんなのために、小さな子どもたちのために、できることがある。それをやっていくことでバスケが豊かになる。自分も豊かになる。とても幸福なサイクル。

僕自身が少し成長したように思えた。

とうとうバスケのプロ？

このころから、僕の周辺はバスケのカラーが強くなってくる。

スポーツメーカーのイベントなどに呼ばれる。

勝ち進めばNBAで歴代最高の3ポイントシューターともされるステフィン・カリー選手との対戦というイベントにも参加し、この動画も再生回数がめちゃくちゃに伸びた。

Bリーガーであり、東京で「DIME」という3×3（スリーエックススリー）チームのオーナー兼選手でもある岡田優介選手とも近しくなる。

すると、その岡田選手から、3×3のプロにならないかと誘われてしまう。

これはかなり悩ましい問題だった。

プロとはいえ、3×3は大きな報酬が得られる種類のものではない。

しかも、僕自身バスケでプロになりたかったわけでもない。だから、大学でバスケは続けなかったのだ。

でも、と僕は考える。

このころから「人にいいきっかけを与えられたらいいな」と僕は思うようになっていた。

目標や夢があるのは素敵なことだ。そこに挑戦するのは、とても有意義で楽しい。

「チャレンジする姿を見せたい！」

その気持ちが強くなった。

とうとう、バスケのプロになってしまう。


でも、チャレンジに周囲の声はつきものだ。

実際、3x3に挑戦することにした僕にも「しょせんYouTuber」という声が聞こえてくる。そんな声が怖くて人は一歩を踏み出せなくなる。

「やればできるんや！」

どこにでも転がっている無責任な言葉を責任ある言葉として伝えたい。


正直、つらかった。プレッシャーがすごいのだ。プロなのだから勝ちを求められるもの。

でも僕はYouTuberだ。

僕がプロにそぐわないようなプレーをすると「ともやんなんか、あんなもん」と言われてしまう。スターとしてプレーしないとダメだ。

必死だった。でも、できたと思う。

だから、僕は言える。

「な、やればできるやろ。誰でもできるんや！」

ともやん的
POWER WORD 14

やればできるよ

「やればできる」は誰でも言うセリフ。あまりに言われるから「やってできへんから困っとるんじゃ！」と文句も言いたくなる。でも、この言葉はニセモノじゃない。なんでもいい。目標を見つけたらチャレンジしてほしい。「できる」にたどり着けなくてもいい。それでも、やってみてほしい。きっと何かが変わる。

バスケは世界に通じる？

バスケ動画に関しては強烈な思い出もある。僕が所属していた3x3チーム、OSAKA DIMEの練習に、あの富樫勇樹選手がたまたま来てくれたのだ。

バスケを知らない人に端的に伝えるなら、国内最高の選手。

実は富樫選手は、3x3に僕を誘ってくれた岡田選手とも旧知の仲で、動画撮影できるかを聞いてくれた。富樫選手は快くOKしてくれた。

こうして「富樫勇樹VS.ともやん」という、とんでもない動画撮影がスタートする。

まあ、富樫選手がスゴイのはわかってる。でも、実は身長は僕の方が上なのだ。

「いけるんちゃう？」

ちょっとだけそんな思いもあった。

でも、実際にプレーがはじまると、自分が宇宙クラスのアホだったと気づく。

いや、マジで人間対宇宙人。

桁違いのプレーだ。勝ち目なしどころかチャンスさえない。ワールドクラスの実力をまざまざと味わわせてもらった。

ところで、バスケ動画には僕がバスケマンガに登場するキャラクターに扮するシリーズがあって、とても好評だ。

これは思いつきではじめたものじゃなく、かなり考えてつくったもの。

ネットで海外の情報などを見ていると日本のアニメやマンガの人気がとても高いことがわかる。その情熱もスゴイ。

だから、アニメやマンガを意識した動画づくりは前々から企図していた。海外のその作品のファンも見てくれるし、バスケファンも見てくれる。

別に英語などを使う必要もない。バスケはスポーツだ。言語はいらない。

ただし、これもタイミングが大事だった。僕という存在の認知度が低ければ、素人のコスプレくらいの印象にしかならない。

動画を見た人が違和感を先におぼえてしまい、それが批判になる。

でも、よく知られたタレントさんのコスプレなら、違う反応になる。そのタレントさんの茶目っ気が好意的にとらえられたりする。素直に再現度の高さをほめる人も多い。

2019年くらいになると、バスケ系YouTuberと言えば、僕の名前が挙がるようになってくる。

KADOKAWAからバスケ本を出したのもこのころで「ともやん」というブランディングができてきた。

こうして、僕はキャラクターに扮してバスケをする動画を投入する。

とても好評で再生数が100万回を超える。

思った通り、海外の視聴者も多い。

すると、これを見た人からマカオでのイベント出演のオファーが来たりする。さすがにここまでは予測してなかった。

YouTubeは世界中で見られているメディアだと再認識した。

#ボールを繋げ

僕自身はレイクレというネタ系YouTuberの一員だとずっと思っている。

でも、客観視すれば、僕はバスケ成分ほぼほぼほぼ100%のYouTuberだろう。何を言ってもそう思われる。

自分が思っているほど、周囲は自分に興味はないもの。仕方ないことだ。

思い返せば、僕の人格形成はほとんどバスケでできている。

これはプレーだけの問題ではなく、人としての部分までもだ。

中3のときも高3でも、「もうやらんぞ！」と言って、いちいちバスケから離れようとした。

よくあんな選択をしたと思う。その結果に今があるのだから、バスケを捨てた勇気をほめてやりたいくらい。

でも、やっぱりバスケは僕のそばにある。いや、あってくれる。

よく考えれば、バスケは僕の唯一無二の強みだった。そして、YouTubeという媒体は、そのバスケを使える場所だった。

強みは使うべきだ。そもそも、嫌いになってやめたのではない。プレイヤーを続けていっても、圭太との約束を果たせる気がしなかったから離れただけ。

でも、レイクレが伸びるきっかけになったのもバスケ動画だった。おかげでバスケ系YouTuberとして影響力さえ与えてくれる。

ホンマにありがとう、とバスケに思う。

だから、僕はバスケを知らない人たちにその楽しさを伝えていく役割をできればいいな、と思っている。

スポーツって、プロのようにその競技を突き詰める人もいれば、余暇や生活の中でプレーを楽しむ人もいる。自分はプレーしないけど見ることを楽しむ人もいる。

それぞれが互いに尊敬し、感謝を忘れなければ、裾野が広がり、さらに多くの人に伝わるもの。そうして発展していく。

その手助けが少しでもできれば、そんなことを考えるようになる。

2020年のコロナ禍で各種スポーツは大会中止が相次ぎ、学生スポーツの大会も多くが開催できなかった。

自分が高校生のとき、こんなことになっていたら？

コートに立つことを許されず、ひとり過ごす選手たちの気持ちを考えると、いても立ってもいられない。

僕はツイッターに「#ボールを繋げ」のハッシュタグで動画を投稿した。各種競技で動画によってパスをつなぐものが世界的にアップされていた。

僕たち1997年生まれの世代でも、それをやって、バスケに携わる人たちを少しでも勇気づけたいと思った。

すると、元大東文化大学のマネージャーで、その後もバスケの仕事などでお世話になっていた佐々木美蘭さん（当時は滋賀レイクスターズのマネージャー）があっという間にBリーガーらに連絡をとってくれる。

とうとう、僕らと同期である八村塁選手にもそれは繋がった。おかげで多くの人が動画を見てくれることになった。

僕が果たせた役割なんかは、とても小さかったと思う。

でも、そんなことはいい。

「バスケの灯は消えてないよ！」

そんな気持ちにみんながなってくれたら、それでよかった。

現在、コロナ禍の打撃はまだまだ社会に残っている。スポーツ界にも影響は大きく、中でも屋内競技メインのバスケは苦境の中だ。

緊急事態宣言下、小中高生などは練習も満足にできなかった例が多い。

でも、そんな中でも僕はみんなに「バスケがしたい！」と思ってほしかった。そんな手助けなら、僕はいくらでもやりたい。

バスケを盛り上げること。

それが僕自身の夢だ。たいそうでデカすぎるかもしれない。でも、僕ひとりでやるんじゃない。たくさんの選手やプレイヤー、ファン、チビッ子たち、みんなでやっていく夢。

追いかけていくのが楽しい夢だ。

レイクレの停滞

バスケに関する部分では、僕のYouTube活動はすべて計画通りだった。でも、本家のレイクレが伸びない。

ここも僕らは甘く見ていた部分だ。一部動画の再生数が伸びると、登録者数も増え、それが全体を伸ばすと思っていた。

でも、そうならない。

ここまで説明してきたように、バスケ動画はどんどん再生数が伸び、100万回にも到達していた。なのに、ネタ系動画がうまくいかない。

当時を思い出してメンバーが言うことがある。

「レイクレって5人おったんや、とか言われた」

「ともやんだけが街で声をかけられてたなあ」

メンバーもかなりつらい思いをしていたのだとわかる。

僕自身もつらかった。僕が心の底から楽しいと感じていたのはレイクレの仲間たちとの時間だ。

でも、それが伝わっていかない。うまくいかない。


僕たちも試行錯誤はしていた。そもそも、バスケ系動画は週1で、残りの6日はバラエティ動画だった。

7分の6がバラエティなのに、バスケチャンネルと認識される。

これが僕たちにとっての大きな問題となった。

バスケ動画がウケるのはもちろんうれしいことだ。だけど、それは基本的には僕ひとりでやっていること。個人技みたいなものだ。

見てほしいのはそこじゃなかった。レイクレ5人でのチームプレーだ。

それぞれが役割を果たし、大きな力を生むところを見てほしい。そのおもしろさと楽しさを知ってほしい。

このチャンネルを100万人に至らせたい。

でも、力が及ばない。くやしい。


今では僕の認識も変わったが、初期にバスケ動画で再生数を伸ばしていたころ、2、3年しかバスケでは続かないと考えていた。

たしかに、スポーツは広い層に裾野を持つもので、バスケもそうだ。でも、関心があるのはそのファン層に限られる。

誰もが見て楽しめるものにはならない。そうでなければ、地上波テレビはスポーツ番組で埋まっているはず。

でも違う。そこにはバラエティ番組がある。その方が幅広い層に見てもらえるからだ。

レイクレがバスケチャンネル化しているのは、かなりよろしくないと僕は考えた。

僕はバスケを切り離すことを決める。「ともやん【レイクレ】」という個人チャンネルを立ち上げ、バスケ動画はこちらメインでやることにしたのだ。

最初は思うような伸びはなかったが、例のマンガのキャラクターにコスプレする企画をやると、一気に再生数が爆発する。

僕は完全にバスケ系YouTuberとして認知されていく。

レイクレ本体の方は他のYouTuberさんとのコラボ企画などで、何度かジャンプはしていた。でも、チャンネル登録者数が30万人くらいで停滞する。

ちょうど、大学生活も4年目になっており、たかしやぺろ愛男爵は就職活動もやっていた。YouTuberを続けていくか、レイクレをどうしていくかというところでも僕たちの中に温度差があった。

ともやんVS.どば師匠

就職活動をしていたメンバーの中、たかしはあるときにそれをやめ、YouTuberとしてやっていくことを決めていた。ぺろ愛男爵には内定も出ており、こっちは先行き不透明。そんな状況ではあったが、ほかのメンバーはYouTuberを職業としてやっていこうと決意していた。第2のスタートのような時期だったのだ。

そんなときなのに、どば師匠がやらかしてくれた。

冬、大きなイベントのオファーがあったのだが、彼がそれを断ってしまったのだ。理由を聞く僕。

「彼女の誕生日！」

アホちゃうか、と僕は思った。かなり怒っていたが、そのときは内に閉じ込めた。

でも、その後すぐに先輩YouTuberの方に飲みに誘われ、僕らはメンバーで出かける。

ゆっくりと集まって飲むのは、実は久しぶりだった。

なんというか、レイクレについてゴリゴリの話し合いになってしまう。空気も険悪。するとも、先輩YouTuberは、「後はみんなで解決してね～」と、次の店の資金まで出して去っていく。

「もう1軒行くか！」

僕らは移動することにした。

歩きながら僕はだんだんと腹が立ってくる。

言っておくが、僕は普段は怒らない人間だ。子どものころからケンカをした記憶もあまりない。

なのに、怒りが収まらない。

「中途半端な気持ちでやんな！」

僕はどば師匠に怒った。いや、激怒した。

「本気でやれ！彼女とか言うて、大事な仕事断んな！」

頭に血が上った僕は師匠に殴りかかる。なぜか、ボクシングにおける幻のパンチのようにそれは彼にクリーンヒットしてしまう。

吹っ飛んだ彼は、そこからの記憶がなかったそうだ。

それでも怒りが収まらない僕はさらに師匠を追撃しようとする。止めに入ったてっちゃんに流れ弾がヒットする。てっちゃんは鼻を骨折した。


後に動画では笑い話にしていたが、まあ、僕たちはちょこちょこケンカになる。

以前、ドッキリ企画で、どば師匠を車に置き去りにし、他のメンバーが8時間遊んで帰るということをした。

戻ると、師匠がキレて乱闘になったことがある。

師匠はいつも言っている。

「ドッキリやから、怒るなや〜」

その男がドッキリで激怒した。ふざけている。

ついでに言えば、てっちゃんとぺろ愛男爵の間は常時紛争地帯だ。

ホンマにどうでもいいことでケンカになる。コンタクトレンズのケースがないとか、そんなんで戦闘開始。

レイクレの未来を考えてとか、崇高な理由ではない。

ちなみに、怒るのは常にてっちゃん。ぺろはまあ、酔っ払って寝てる。怒らない。いや、怒らせてはいけない人間の気がする。


ケンカしながらも仲のいい僕らだが、この年末の僕とどば師匠の確執は重要なポイントになった。

僕はいつも不安を抱えているタイプの人間なので、5年後、10年後を真剣に考えてしまう。でも、メンバーたちはどこかフワッとしていた。

YouTubeで食っていくんだ、という実感がなかった気がする。

みんなで話し合い、レイクレの数字が伸びていないことも再確認した。このままではいけないのだ。変えていく必要がある。

「がんばろう！」

5人でやっていくんだという、きっかけになったと思う。

レイクレの戦略

これまでレイクレは企画会議みたいなものはやらず、その場のノリでやっていたところがあった。

でも、ぺろ愛男爵が内定を蹴り、YouTuberを続けることを決めてくれた時期になると、それではいけない気がしてくる。

「会議くらいはやろう」

すでに会社にしていたので、マネージャーからも言われる。

ちゃんと会議をやって、戦略的にYouTubeをやっていく感じになる。

職業なのだから、当然と言えば、当然のことなのだろう。

マンダラートという、仏教の曼荼羅みたいに目標やアイデアを書き込み、思考整理する方法などもやるようになった。

チャンネル登録者数は30万人くらいで足踏みしていた。僕たちの目標は100万人だ。まだまだ遠い。

ただ、今までとは違う手ごたえも僕らにはあった。停滞はしているけど、5人で足並みをそろえて向き合えていた。いつかそれが実を結ぶ気がしていた。


でも、この状態ではメンバーの給料が足りない。僕は個人チャンネルの収益をそちらに回すことにした。

だが、プロとしてやっていくのだから、緊張感も必要。

「あるラインまでは収益を回すこともできるけど、それ以上はムリ。ダメなら、俺は個人チャンネルに注力するから」

そこまで言った。

こうして僕たちはレイクレ本体のチャンネル登録者数を、2020年のこの年末までに

50万人にすることを目標にした。

次の思考は、そのためにどうする？　という部分。


これはたかしの提案だったのだが、1カ月企画をやってみようということになった。最初にやったのは「1カ月筋トレ生活」。

すぐに数字になったわけではない。でも、評判はよかった。

さらに「1カ月5人3万円生活」という企画もやってみる。これも好評だった。

ここで僕たちは気づいた。

シリーズものなので、おもしろければ全部見てくれる。全体的に伸びるわけだ。しかも、そこまで見てくれた人は固定ファンになってくれる率も高い。

飛躍の土台をつかんだ気がする。


このとき、僕らにはもうひとつのアイデアがあった。

どうもTikTokを介してYouTubeの再生が伸びている片りんがあった。そんな人たちがいることに気づいたのだ。

これはどこかでやるべきだと思った。

でも、それにはTikTokにアップしてくれるファンがいなければならない。

逆に言えば大きな分母があればあるほど、この企画は爆発力を発揮する。

僕たちはすぐに動くことをやめタイミングを待つことにした。

#レイクレしか勝たん

1カ月企画は好評なのだが、これはなかなかに大変だ。

まず、僕たちの動画はすべてヤラセなしのガチだ。やっぱり、ヤラセは視聴者の方に対して真摯でない。それにわかってしまうもの。

対して、ガチでやれば僕らそれぞれの反応もリアル。演技にならない。

視聴者に伝わりやすいのだ。

ガチはいいのだが、1カ月企画になるとこの間は事務所にこもりきりということになる。家に帰らない。そして、企画的にだいたい腹が減っている。

でも、僕にはバスケの動画もあればイベントもある。空腹のバスケは言いようがないほどに苦痛だ。

また、僕らは基本的に日曜を休みにしているがイベントが入ると僕にはそれもない。

正直、メンバーがうらやましいこともある。

しかし、2020年の春になると社会はコロナ禍で大きく変化した。

毎週のようにあったバスケ関係のイベントなども中止になり、必然的に僕はレイクレ中心の生活に戻っていく。

緊急事態宣言が解除されると、屋内中心だったネタから外で撮れるネタなども取り入れ、1カ月企画を連発していく。

チャンネル登録者数の伸びは大きくはなかったが、グイグイと力強さが出てきた。

その数が35万人ほどになったとき、僕らは「今だ！」と感じた。

半年前から準備していたTikTokに切り抜き動画を貼ってもらう企画「＃レイクレしか勝たん」を10月1日にはじめたのだ。

正直言って、僕たちはこの企画にすべてを賭けていたと思う。

「これでアカンかったら、俺らは終わりや」

それくらいの意気込みだった。

僕の中では、この企画こそが「最終奥義」。もう、出るもんはない。

すると、たくさんのファンがTikTokに僕らの動画を投稿してくれる。それを介して、YouTubeで僕らの動画を見てくれる。

それまで、1日に100人ほどずつ増えていたチャンネル登録者数が、1日1000人で伸びていく。

1カ月企画で地道に積み上げてきた分母が、この企画と掛け算になることで爆発的な数になってくれた。


僕は未来を考える時間をとらないと永続的な成長はないと思っている。

レイクレは長い時間もがいてきたが、ちゃんと戦略的に未来を考えることで大きく成長できた。

ちなみに、その後のYouTubeでは「#〇〇しか勝たん」はあちこちにあるが、最初にやったのは僕たち。必死に考えた企画だった。


2020年12月25日。レイクレのチャンネル登録者数は50万人を超えた。

この年のはじめに決めた目標を達成できたことになる。収益も大きくアップし、もう、僕の個人チャンネルに頼る必要もなくなった。

行き当たりばったりじゃなく、考えることでつかんだ成果だった。

ともやん的
POWER WORD **15**

未来を考える時間を

がむしゃらに進むときはある。多忙に押しつぶされそうなときもやってくる。でも、そんなときでも、未来を考える時間をつくろう。次にやるべきことを、その次にやるであろうことを探し続けよう。そうすることで、道は続いていく。永続的な成長が可能になる。しんどいときこそ、未来を見よう。

僕の大きな失敗

2021年になると、レイクレは軌道に乗った感じでチャンネル登録者数を増やしていった。

「チャンネル登録者数100万人！」

僕がこだわり続けた開設当時の目標も見えてくる。メンバーも現在はそのためにがんばっている数字だ。

でも、社会はコロナ禍の状況が続く。

暗い雰囲気が世の中を覆うこんな時期こそ、僕たちは明るく楽しいエンターテインメントを届けるのが仕事のはず。

それなのに、僕は大きな失敗をしてしまう。

6月、文春オンラインが報じた東京でのYouTuberの宴会に僕も参加してしまったのだ。

このとき、僕はたまたま個人での仕事があって東京に来ていた。そこでYouTuberの仲間から誘われたのだ。

ちょうど、感染者数が減少傾向に入り、緊急事態宣言が解除されようとしている時期だった。

テレビのニュースなどでも、解除前提でお酒を楽しんでいる人たちの姿が映っていた。

コロナ禍を通して大阪では緊迫した状況が続いたが、東京はそれほどでもないのかな、などとも思った。

でも、そんなものはすべて言い訳だ。

僕は自覚のないバカだった。

僕はいったい、何をした？

たくさんの視聴者やファンが、僕たちの動画を楽しんで見てくれているのに裏切った。

もう、僕たちの動画で笑顔になれなくなってしまったかもしれない。

そんなことになったら、何年も必死にやってきたメンバーやスタッフの努力はどうなる？

僕は仲間の明日を奪ったんじゃないのか？

バスケを盛り上げようと、僕なんかにオファーをくれる人たちがいるのに、それに報いるどころか、泥を投げつけたんじゃないか？

僕のプレーに目を輝かせ、あこがれてくれるチビッ子たちがいるのに、僕はどうやってそれに応じられる？　こんなバカな人間が。


僕には自覚がなかった。

どれだけの人と関係し、恩を受け、生きているのかがわかっていない。

もう僕は、自分に甘くなっていい人間ではなかった。そんなことができる立場ではなかったのだ。

医療従事者の方々をはじめ、たくさんの方にご迷惑をおかけした。

すべての人に本当に申し訳ない。

YouTuberというのは、タレントさんなどではない限り、スタートは無名だ。人気になって知られるようになっても、その境界線がわからない。

もう、普通に社会を生きる人たちとは違う立場になっているのに気づかない。有名であり、影響力があるというところに認識が追いついていない。

そして、僕のような甘い人間が過ちを犯す。

謹慎は当然なのだが、そもそも家を出る気にもならなかった。

食べるものも喉を通らず、1週間で5キロも体重が減る。

SNS上には厳しい言葉が並ぶ。当然だ。

「ああ、こうなるんだな」

僕はそれを見て、恐怖を感じた。深い闇に落ちていく。圭太を失ったときと、同じような状態。

前を向く気になれない。

ごめんなさい。ありがとう。

僕は根本的に自己完結型の人間だ。自分で考えて行動し、結果は自分で受け止める。

だから、周囲に相談する、頼るということをしない。いや、できない。

そして、自分勝手に孤独になる。


これまで、メンバーやスタッフという仲間に大きな迷惑をかけたことはなかった。

でも、今回のそれは謝って済む問題ではない気がした。

せっかく、苦労してここまでやってきた。やっとYouTuberを仕事としてやっていけるようになったところだ。僕はそれを壊してしまったかもしれない。


でも、メンバーは僕を放っておかなかった。

「まず、謝ろう」

一緒に謝罪動画を撮影してくれる。一生懸命、僕のために謝ってくれる。

そして、話し合いの場を設けてくれた。

どば師匠が言う。

「ちゃんと俺らを頼れよ」

僕には仲間を頼るという発想がなかった。迷惑をかけたのに、そんなことができるとも思ってなかった。でも、そうしろと言ってくれる。

僕はバカだった。みんなは僕を信頼してくれているのに、僕はみんなを信頼していないアホの薄情者だった。

涙がこぼれてきた。

「助けて……」

生まれてはじめて、そう言った。


このとき、僕には新しい発見があった。

まず、メンバーのみんなが驚くほどに大人になっていたこと。いつも一緒にいるためか、少しずつの変化を理解していなかった。

自分で考え、自分で立っている、いい意味の大人。

僕はここまで、性格上のこともあって、レイクレを多めに背負わなければならない気持ちが強かった。

「僕がやらないといけない」

そんな切羽詰まった気分が無意識にあった。

でも、そうじゃなかった。肩の荷が下りた気になる僕。

「5人でやっていこう！」

メンバーは僕にそう言ってくれた。とても、ありがたい。

失敗しても5人。うまくいっても、やっぱり5人。それがレイクレだ。


僕の大きな失敗も今は前向きにとらえられる。

メンバーひとりひとりと向き合い、気づけなかったことに気づけた。

「人に頼っていいんだ！」

その感覚は僕にはとても新鮮だった。

ともやん的 POWER WORD 16

頼っていい

自分で考え、自分でやる。うまくいっていれば、めっちゃスマートでカッコいい。でも、うまくいかないこともある。だから、僕たちは誰かと一緒に生きていく。誰かがミスれば助けてあげよう。自分がミスれば誰かに頼ろう。頼り、頼られ、僕たちは前に進む。僕はこれまでそれを知らなかった。大きな失敗で知った大きな糧だ。

ボール遊び
禁止！

終章

雨が降らないと 虹は出ない

最後は自力で

チャンネル登録者数100万人！

そんな大きな目標を夢見て、2017年8月に開設した「Lazy Lie Crazy」。

その目標達成は目の前に迫っていた。


何度か登録者数をジャンプさせてくれたコラボ企画などをやれば、すぐに達成できるところまで来ていた。

でも、僕たちはそうしなかった。

最初の1000人に到達するまで、僕らはただネタの力だけで行こうとした。時間はかかったが、その中でたくさんのことを学べた。

だから、僕たちは決めた。

「最後は自力で行こう！」

100万という数字自体には、たいした意味はないのだと思う。それより、どうその数字に至ったかが大事。

どれだけの人がレイクレをホンマに好きになってくれたかに価値がある。

だから、最後は一歩一歩でいいと思った。

ひとり、またひとりとそんな人が増えて、どこかでその数が100万になる。

それでいい。

これまで、折れてしまうタイミングはいくつもあったなあ。

でも、そのつど解決法を考え、やり続けて、ここまで来た。

逃げたこともあった。

僕は逃げることがあっても別にいいと思う。ムリしすぎるよりは逃げていい。

でも、逃げてばかりだと前を向けない。逃げた先で前を向こう。

僕が前を向けたのは仲間のおかげ。だから、ちょっとメンバーにお礼をしてみようかなあ。面と向かっては、言いにくいから。

たかし

たかしにはよく話を聞いてもらう。

僕はけっこう悩みがちな人間で繊細じゃないくせによく落ち込むけど、人には相談できない。

でも、たかしはそんな僕をいつも気にかけてくれて、話を聞いてくれる。

些細なことだけど、本当にその好意には何回も助けられている。

人に相談できず、自分で解決しようとして、潰れそうになる僕を何回も助けてくれた。

本人は気づいてないかもしれないけど、そんな所がたかしの良いところだ。


それに一番初心を忘れていないのもたかしだと僕は思う。

僕は人よりも当たり前の大切さを知っているつもりだ。

けど、当たり前がどれだけ大切かわかっていても、当たり前に慣れてしまうのが人間だ。

撮影を初心のように楽しめていないときだってある。

けど、たかしは違う。

毎日の撮影、編集、同じことの繰り返しの中で、たかしはどんなときでも「楽しい」ってつぶやく。

僕はその言葉を聞くと、また当たり前の大切さに気づく。本来の楽しさを思い出す。純粋に笑えるようになる。

いつも支えてくれてありがとう。

てっちゃん

てっちゃんは生粋の恥ずかしがり屋。

だから、誰かが困ってても「大丈夫？」とか「どうやった？」とかは聞かない。というか聞けない。

一番近いのは僕たちメンバーなのに、近すぎるからこそ、多分想いを伝えるのが恥ずかしいんだと思う。

けど、僕は知ってる。

実はとても仲間思いだ。やさしいやつだ。

僕が大失敗したとき。その後撮影していてもどう振る舞えばいいかわからなくなってた。そんなときにサラッと僕が入りやすいようにいじってアシストしてくれたのはてっちゃん。僕はそのことをよくおぼえている。あれで楽になった。

さりげない。誰も気づかないような恥ずかしがり屋にしかできないやさしさ。そんな精一杯のてっちゃんのやさしさが本当にうれしかった。

てっちゃんは多くは語らない人だから、昔、てっちゃんはレイクレに愛がないんじゃないか？　そう疑った時期もあった。

そのときの僕を本当に殴りたい。

表に出さない。恥ずかしいから出せない。けど、てっちゃんはいっぱいレイクレのことを考えてくれてた。僕のことも気にかけてくれてた。

てっちゃんの行動を改めて振り返ると、愛があふれていた。

ちゃんとわかっていなかったのは僕の方だった。

てっちゃんがあのとき気にかけて助けてくれなかったら、多分僕は今でも悩んでいたと思う。

ちゃんと僕を見てくれてありがとう。

ぺろ愛男爵

ぺろは何も変わらない。

普通人間は成長すると何かを考えてしまう。世間や周りを気にして、何かしないといけないと思ってブレていく。

Youtuberあるあるで言えば、「現状維持は衰退。目指すものがあるなら、変わらなければならない」的なことを考える。僕も似たようなことをこの本で書いている。

そして、それに苦しむ。追い込まれる。

でも、ぺろ愛男爵は変わらない。いい意味で変わらないありのままのぺろ愛男爵。

僕らはそれを見て安心する。

そのくせに抜群におもしろい。正直うらやましい。多分天才なんだと思う。

普段も何ら変わらない動画のまんまのぺろ愛男爵。でもそんな男も感動企画で、目に光るものをこぼすことがある。

「喜怒哀楽のないぺろ愛が感動してる！」

見ているこっちが猛烈に楽しくなる。

ぺろに言いたいことはひとつ。変わらないでいい。いつまでもありのままのぺろ愛男爵でいい。

やさしくて、抜群におもしろくて、一緒にいて安心感があって、仲間想い。

だけど、何も考えない。欲望のままに生きるぺろ愛男爵でいてほしい。

いつもありがとう。これからも全力で笑わしてもらうわ。

どば師匠

僕の中でのどば師匠は「圭太や！」と感じた最初の印象が大きい。次から次へとおもしろいことを言って、ギターをやってて、自然に周りに人がいて、自分より仲間が大事で、無尽蔵にずっと明るい。そこが似ていた。

師匠はカメラが回っていなくても動画のまんま。そんな人を幸せにする明るい性格に、僕は本当に助けられたと思っている。

普段は何も考えてない。モノは忘れるし、遅刻するし、頼りない。リーダーとか言ってるけど、メンバーをまとめることなんてない。引っぱることもない。全然リーダーとは違う。

でも、僕が大失敗をしたとき、パニックになったとき、師匠がラインをくれた。

「ひとりで背負うな。全員で乗り越えんねん。レイクレにはお前が必要や。レイクレは家族みたいなもんや。迷惑かけたってええ」

この言葉に僕は本当に助けられた。

ひとりになって背負ってしまう僕の性格をわかってくれてて、それに気づいて頼れと言ってくれた。

ここぞというときはリーダーになるんやなと思った。尊敬した。

実はそれが一番いいリーダーなのかもしれない。

普段はみんなが力を出せばいい。悪いときこそ出てくるのがリーダー。そんな気がする。


2回もドン底の僕を助けてくれてありがとう。

圭太と似ていたどば師匠。そんな理由で師匠に声をかけた。そこからみんなに出会ってはじまったYoutube。

つらいこともあって、それがあったからこそ出会えた僕たち。

僕は偶然なんかじゃないと思う。

全部奇跡なんじゃないかと思う。


彼らはそんなつもりはないかもしれないけど、4人には本当に助けられた。出会ってから4年半、僕は彼らに感謝しなかった日はない。感謝してもしきれない。

それくらい僕にとっては大きな出会いだった。大きな光だった。

そんな4人と夢だった100万人を迎えられた。これ以上うれしいことはない。

これからも当たり前のように5人で集まる毎日。でも本当は当たり前じゃない。当たり前に見えることこそ、本当に大切なもの。

それはこの先も忘れたくない。忘れたらダメだと思う。

最後にメンバー全員に一言。

お前らに出会えてよかったよ。ありがとう。

いつか、虹になる

「俺は有名になるからな！」

大切な親友の言葉は僕の夢になった。僕はYouTubeという世界を見つけ、新しい仲間と歩み出した。

「チャンネル登録者数100万人！」

親友との約束を果たすため、この数字が目標となった。

僕はその達成を自分のストーリーにした。

失ったものはあまりに大きい。カラフルな人生がモノトーンになった。

でも、そこから立ち上がり、前を向き、歩いていくことでストーリーにまた色がつきはじめる。

もうすぐ、ゴールにたどり着く。


僕がやってきたのは、人生の大きな伏線回収。

突然起こる悲しい出来事。つらくて立てないのは当然だろう。

けど、起きてしまったことは、もう変わらない。変えられるのはその先のこと。

だから、立ち上がる。また前を向く。歩きはじめる。

さらにつらいこと、苦しいことも起きる。でも、歩いて行こう。ときには駆けてもみよう。そうすれば、たどり着く場所がある。

そこまでの道のりは、ひとつのストーリーになる。決して、悲しいだけの物語じゃないはずだ。

だから僕は100万人を達成して、そのお祝いの動画でみんなにスピーチをするビジョンばかりを考えていた。

そこで、親友のことを話したいとばかり考えていた。

それをやり遂げることだけを考え、それを原動力にここまで歩いてきた。

2021年9月21日、この本の写真撮影のために、僕はスタッフと一緒に思い出の地を巡る。2日をかけて、中学時代に通った塾やよく遊んだ淀川の河川敷、旅をした天川村など、この本に出てくる場所で写真を撮ってもらう。

ただの偶然なんだけど、この日付は僕が親友と旅行をした忘れられない日と同じだった。

なんだか、センチメンタルになってしまう。


よく晴れた日で思い出の天川村などでは、とてもいい写真が撮れた。

夕方、いつもイベントなどでお世話になっている泉南《せんなん》ロングパークに向かう。

すると、急に雨が降る。

マズいなと思いながら、少し待っていると夕日が射してきた。

「よかった」

僕はそう言って空を眺める。驚いた。

見たことがないほどキレイな虹が、空に半円を描いていた。しかもダブル。

勝手に涙が出てくる。

一度モノトーンになってしまった僕の人生。でも、レイクレの仲間と歩いていく中で色がつき、そして今、虹色が目の前にある。


大切な親友が『明日はきっといい日になる』という高橋優さんの曲が好きだったのを思い出した。僕も好きでよく聴いていた。

悲しいことは急な雨のようにやってくるけど、そこを人が歩くことで踏まれた地は固まり、光が射せば虹。そんな意味の歌詞がある。

彼のお母さんはそれもあって、いつも虹を探していたそうだ。

それが見上げた空にある。彼が僕らを祝福してくれている気さえする。


そうだったな。雨が降らないと虹は出ない。

なんや、僕の歌やったんや、と気づく。

そして、みんなの歌にもなればいいとも思う。

悲しいこと、つらいことがあっても、前を向けば、いつか虹に出会えるよ。それは、本当のことなんだよ。

さあ、俺はお前の夢を叶えるために、ここまで来たんやぞ。

お前がおらんくなった日々はめちゃくちゃつらかったし、思い出すと涙が出るし、夢を叶えるまでいっぱいつらいこともあった。

けど、本当に最後に夢を残してくれてありがとう。

毎日楽しくなくて笑えなくて、これから親友になんて絶対出会わないだろうな、と感じた日常が、この夢のおかげで毎日楽しくて、最高に笑えるようになった。

一生一緒にいるだろうな、って思える親友にも出会わせてくれた。

こんな楽しい人生になるなんて思いもしなかった。

本当にレイクレのともやんになれてよかった。

でも、ここから先は自分の夢。

何しようかなあ？

「日本一のYouTuber！」とかは違うな。いい車乗りたいとか、そんなんも思わんな。それよりも、お前と乗ってたチャリンコの方が、よっぽど楽しかったわ。

そうやな、楽しいのがええな。お前との楽しかった日々のように、レイクレの5人で楽しくやっていけたら最高やなあ。

なんでも、笑っていくのが一番いいな。

どうしよう？

どう思う？

なあ、圭太！

6年間のストーリーの中、つらいことやしんどいこと、
やめたくなったことなど、たくさんの困難に出会った。
でも、メンバーやスタッフ、両親、
そしてファンのみなさんのおかげでここまで来れた。
幸せなストーリーにしてくれて感謝しかない。本当にありがとう。

圭太たちと来た天川村。6年ぶりに訪れたのだけど
偶然同じ日付になって、ちょっとビックリした。
いざ行ってみると、風景も自分自身の感じ方も昔と何も変わらない。
あのころのままの気持ちになれた。

天川村で食べた鮎の塩焼き。
今ならお金は好きなように使えるので好きなだけ食べられる。
でも、当時は高校生。お金がなくてこれしか食べられなかった。
それでも、めっちゃうまかったなあ。
お金がなくても幸せだった青春。何もなくても楽しかった。

コンビニで一夜を過ごし、翌日にたどり着いた川原。
9月後半なのに川で泳いだ僕たち。
寒かったけど水がめちゃキレイだった。
若かったからできたことだけど、
よく考えれば今でも動画で川に飛び込んでるなあ。

僕の青春にいつもあった淀川の風景。
あのころはどこに行くのもチャリだった。どこへでも行けた。
高3で彼女とサヨナラしたとき、夜中の土手で話を聞いてくれたのが
バスケ部の友達。今では僕のマネージャーだ。

圭太と出会った塾。彼と僕はずっとおしゃべりしていたと
当時の先生が言ってくれた。笑う。

圭太の家は引越したけど彼の部屋は残してある。
月命日には僕や友人たちが集う心落ち着く場所。

どば師匠とたかしに最初に会った場所、
大阪梅田。
その瞬間に僕は「行けるな！」と思っていた。
ただの直感でしかなかったけど信じてよかった。
物おじせずに行動したから、今の僕がある。

家の近くの公園。
小さなころからいろんなことをした。
逆上がりも自転車乗りも
ここでできるようになった。
レイクレの動画も何度も撮影している。
何かができるようになる場所
なのかもしれない。

Crazy
&RS

本人たちは感じてないと思うけど、僕はこの仲間に感謝しかない。
このメンバーに出会えたことが、どれだけ僕の人生の助けになっただろう。
この幸せを続けるために、これからもよろしく。笑顔にしてくれてありがとう。

圭太との思い出が詰まった当時の写真。奈良公園に天川村に天神祭、いろいろ行った。どれも忘れられない思い出。水が冷たかったな。鮎の塩焼きがめっちゃうまかったな。お前がいなくなってからも、写真の中からウインターカップで応援してくれたな。それから、最後に夢を残してくれてありがとう。あれがあったから、仲間ができて居場所もできたんやぞ。おかげで今も笑顔でいられる。でもな、「ありがとう」はちゃんと100万人という目標を達成してから言いたかった。がんばって、ちゃんと夢をかなえたから今それが言えるわ。ありがとう、圭太。お前が一番最高じゃボケ！

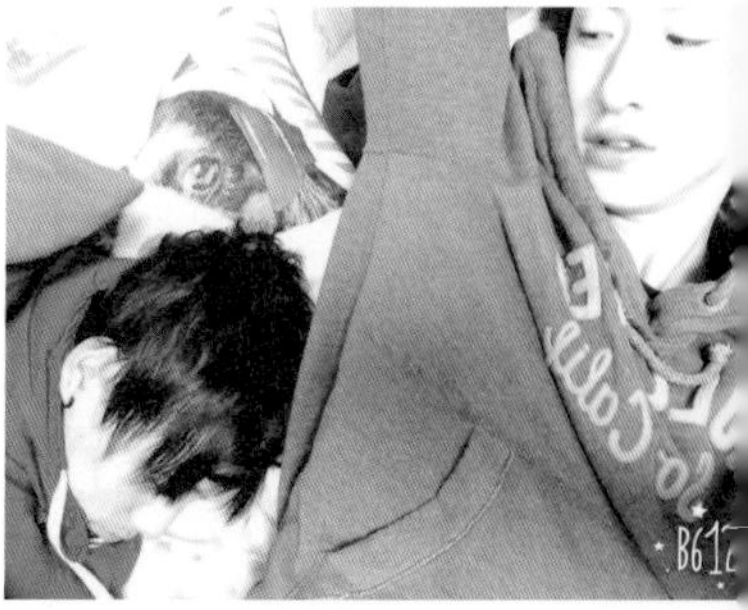

JX-ENEOS
JXグループ
ENEOS

お前が一番
最高

誰にもつらいとき、悲しいときがあると思う。
でも、つらくても前を向いて
歩いていけば虹にも出会える。
大丈夫。

明日はもっといい日になるよ

ともやん
登録者数100万人超えの人気YouTubeチャンネル「Lazy Lie Crazy【レイクレ】」のメンバー。1997年9月23日生まれ。個人チャンネル「ともやん【レイクレ】」は登録者数40万人を突破。高校時代は大阪の新人大会優勝、インターハイやウインターカップなど全国大会にも出場経験を持つ。3人制プロバスケットボールチーム「OSAKA DIME.EXE」所属のプロ選手としても活動。バスケアパレルブランドをプロデュースするなど、幅広く活躍中。

明日《あした》はもっといい日《ひ》になる

2021年12月9日　初版発行
2022年10月25日　3版発行

著者／ともやん

発行者／青柳 昌行

発行／株式会社KADOKAWA
〒102-8177　東京都千代田区富士見2-13-3
電話　0570-002-301(ナビダイヤル)

印刷所／大日本印刷株式会社

ISBN 978-4-04-681009-0　C0095